LAS MADRINAS

Aitana Castaño

Ilustraciones de
Alfonso Zapico

LAS MADRINAS

Con ilustraciones de
Alfonso Zapico

Aitana Castaño

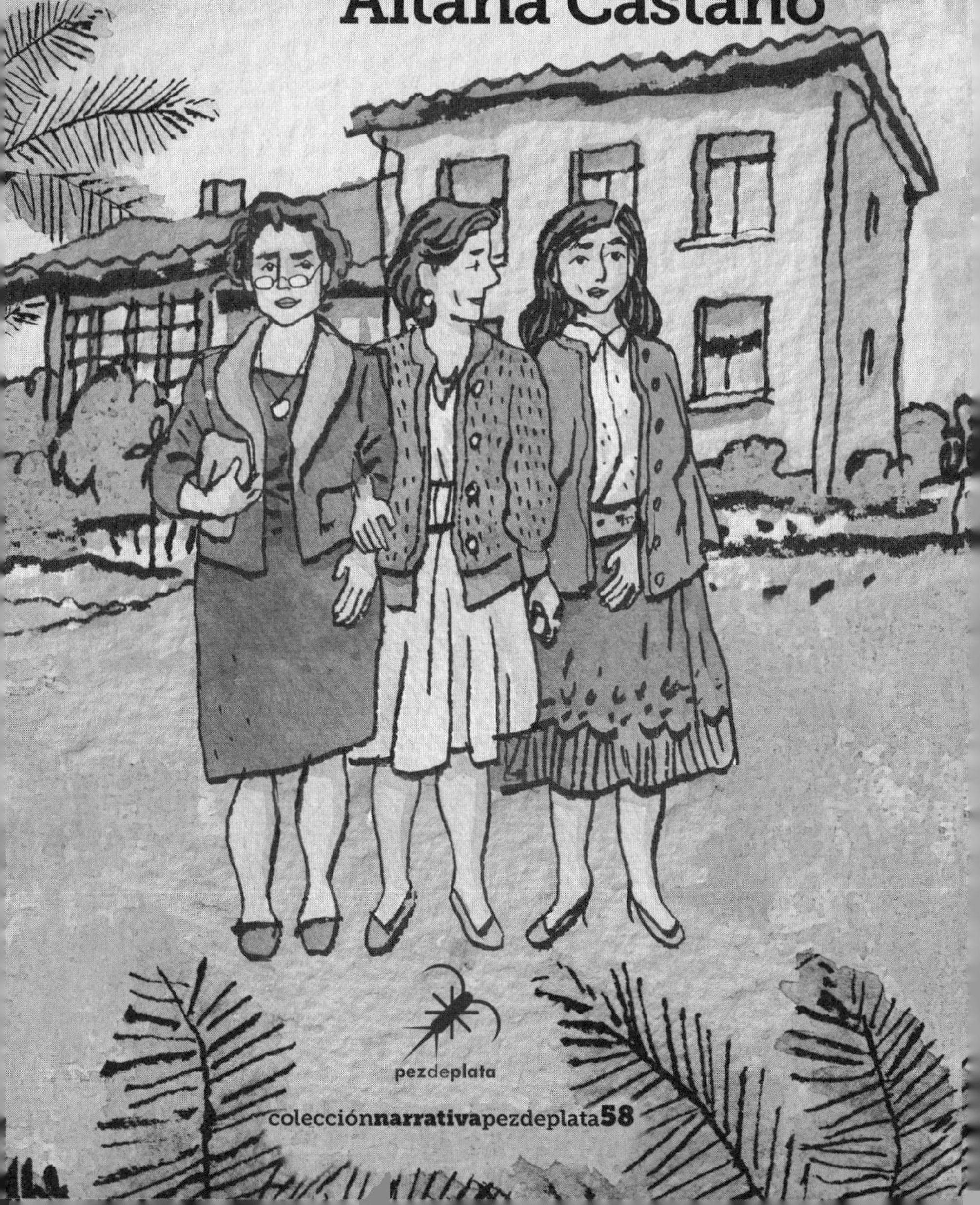

LAS MADRINAS

© **Aitana Castaño**, 2025.

Primera edición: noviembre, 2025.
Segunda edición: febrero, 2026.

Derechos exclusivos de esta edición:
EDITORIAL PEZ DE PLATA S.L.
Plaza de Riego, 1
33003 – Oviedo (Asturias)

www.editorialpezdeplata.com
info@editorialpezdeplata.com

© Ilustraciones de cubierta e interiores: **Alfonso Zapico**, 2025.

Diseño de cubierta: Datriga, 2025.
www.datriga.com

ISBN: 979-13-990389-3-4
Depósito legal: AS 2207-2025
Impresión y encuadernación: ASTURGRAF S.L.

Para Mario
y su amor por que le cuenten historias

La camioneta en la que le habían prometido un billete «barato pero cómodo» con destino a Bruselas era, en realidad, un camión de ganado al que le habían tapado las rendijas con chapas de madera por las que seguían entrando pese a todo el aire y el agua.

Con una pequeña maleta de cuero granate y la pena atroz de no haberse despedido de nadie, se subió al vehículo agarrando la mano de una joven que sonrió al verla y le hizo un hueco a su lado.

—Menos mal que ven una rapaza. ¿Tes una manta?

Gloria Montes llevaba manta, sí. Algo de ropa perfectamente doblada, unas zapatillas, un libro del que ya hablaremos, un cepillo y un puñado de billetes. Pesetas que le había dado a escondidas el doctor Vieira y un fajo de francos de Pilar la modista, que le había advertido: «Fíjate bien, que los hay de Francia y de Bélgica». También llevaba consigo un pasaporte falso que le atribuía dos años más de los que tenía y que la hacía, de repente, mayor de edad. Como si no la hubiera convertido ya en adulta todo lo demás...

No hablaba francés y ni siquiera sabía qué demonios iba a hacer en esa ciudad tan alejada de todo el mundo que ella conocía y a la que llegaría en la parte de atrás de un camión, como las vacas que traen al pueblo los tratantes y suben o bajan a la caja molidas con los palos de las varas de los hombres. O como los mineros a los que se llevan detenidos de la mina La Pipiona los días que está la cosa caliente.

Se sentó junto a la amable chica que le había dado la mano. Le faltaba la uña del dedo meñique. La observó detenidamente. Tenía el pelo de un color cobrizo que nunca antes había visto, los ojos muy verdes y una sonrisa que la reconfortó al instante. Solo entonces contestó:

—Sí, traje manta y toquilla.

A pesar de todo, aquellas cinco palabras todavía delataban su miedo. En ese instante, el conductor gritó con una peculiar pronunciación de la ese: «¡Shalimos!».

Tocó el bolsillo de su abrigo para sentir de nuevo el tacto del pasaporte, de los billetes de colores que desconocía y de aquel papel que ponía una dirección y un nombre: «Bar Nalón. Rue du Marché au Charbon. Solange Fernández». «Que significa calle del Mercado del Carbón, ¿viste qué casualidad? Seguro que te sientes como en casa. Ya verás cómo la mujer de mi primo Dioni te cuida. Es de armas tomar, te lo advierto, pero nada con lo que no sepa lidiar una guaja de Santana», le había dicho Pilar antes de darle un abrazo que la hizo sentir más sola que nunca.

Aquella casualidad le provocaba una mezcla de ternura y espanto. Iba a huir a miles de kilómetros de su pueblo para acabar rodeada del mismo negro. Así sería difícil olvidarse de todo lo que dejaba atrás: el humo, los llantos, la bofetada de su padre, la conciencia de que lo único que iba a quedar de ella en su casa era el olvido.

Solo habían pasado diecisiete días desde que huyó de casa. Diecisiete días o dos vidas.

—¿Viches o mar alguna vez? —le preguntó la joven pelirroja. La única mujer, con ella, en aquella camioneta.

—¿El mar? —preguntó como si no supiera de lo que estaba hablando. La chica le señaló un pequeño hueco que quedaba entre los dos tablones de la camioneta.

—Eso...

No, Gloria Montes nunca había visto el mar. No al menos con sus propios ojos. Aunque sí en las fotos o en las enciclopedias y, sobre todo, en los libros de Luisa María Linares, que leía a escondidas en la casa de los Acebo. Allí trabajaba limpiando como lo hiciera su madre y, mucho antes, su abuela y sus tías.

Cuando iba a venir la familia a pasar las vacaciones se ordenaba a todo el servicio limpiar el polvo del chalet a conciencia. Nadie quería la biblioteca porque había demasiadas estanterías, cuadros, escritorios, aparatos y libros. La señora, en su primer paseo por la casa, tenía la costumbre de pasar por encima su dedo con gesto de desprecio. Los guantes blancos que llevaba detectaban hasta la partícula más minúscula de suciedad. En la biblioteca siempre había bronca: «La niña es asmática, si la pasa algo a la niña os enteráis...», repetía.

—¿Por qué dice *la* pasa?

—Tú cállate.

Así que la ardua tarea de la biblioteca le tocaba a Gloria. Era la más pequeña y no tenía elección, ni siquiera derecho a queja.

Al principio la encomienda la asustó. Pero después de pasar los primeros tres días allí sola, en silencio, rodeada de tratados de botánica, artilugios imposibles, mapas, colecciones de piedras y sellos, decidió que aquel sería su lugar favorito en el mundo. Por suerte, todas las semanas había que darle un «repaso», así que las visitas eran habituales.

A aquel particular gabinete de curiosidades que tenía el señor Acebo en Santana había que pasarle un trapo especial y un plumero que no podía salir de la biblioteca. Los productos con los que se limpiaban ciertas cosas estaban bien identificados y se guardaban en un cesto de mimbre en las cuadras.

—Eso es para Gloria, no lo toquéis —decían las mujeres mayores cuando comenzaban «la limpieza». Y esa tontería a ella le hacía parecer importante.

Ponía tanto esmero en limpiar la estancia que era la propia señora Acebo la que pedía que fuera «la mayor de las niñas estas de Montes» la encargada de la tarea. «Ni se te ocurra hablar con los señores y mucho menos mirarles a la cara. Tú a lo tuyo y si te dicen que algo está mal te callas. ¿Me entiendes? Como tu padre tenga algún problema por culpa de tu lengua, te vas a enterar de lo que es bueno», le advertían cada vez que venían a buscar a Gloria para irse a la biblioteca.

La chavala era feliz allí y le daba lo mismo lo que dijera su madre, aunque a ella la temiera más que a los guantes de la señora.

Le llamaban la atención todos los tochos enciclopédicos de las estanterías más altas y los pequeños libritos ubicados en las más bajas, casi escondidos. Un día la señorita Paula, la pequeña de los Acebo, la vio arrodillada con el plumero en el suelo y leyendo torpemente uno de esos libros ocultos. Se acercó y lo recogió. Gloria se asustó y musitó:

—Perdón... Uy, perdón... No puedo hablar con usted, señorita, perdón.

La joven no parecía escucharla, sonreía con el ejemplar de Luisa María Linares entre las manos, una novela que tan solo unos años antes había hecho más llevaderos sus veranos en ese pueblo recóndito y oscuro de su familia paterna donde se empeñaban en llevarla cada verano, cada navidad...

—Pues a mi padre no le gustan nada estos libros y seguro que al tuyo tampoco, pero... el amor es tan... romántico. —Suspiró, y añadió—: Toma, te lo regalo. Ya lo leí como dos millones de veces. Escóndelo bien y que no te lo vean en casa. No digas lo que es. Lo vamos a forrar y diles que es un libro de vidas de santos. ¿Tu padre sabe leer?

—Sí que sabe, pero no lee mucho. Dice que no le gustan...

Efectivamente, a su padre no le gustaban aquellos textos. En realidad, ningún libro le gustaba. Así que en esa misma mañana desobedeció, porque habló con la señorita, y mintió. Porque cuando su padre le preguntó qué era lo que traía en la mano, Gloria respondió:

—Son vidas de santos, padre, y un manual de normas básicas para la buena esposa. —Después, añadió las palabras mágicas—: Me los ha dado la señorita Acebo.

—Ah, bueno. —Si venía de la casona, donde según Avelino Montes siempre se hacían las cosas bien, no había problema—. Entonces léelo todas las veces que haga falta para aprenderlo de memoria. No vaya a ser que te pregunten algo.

El ejemplar en realidad se titulaba *Esta semana me llamo Cleopatra* y nada tenía que ver con la religión. A sus progenitores les ocultó la verdad, pero le faltó tiempo para contarle hasta el último detalle a sus hermanas y amigas. Incluso les leyó la historia entre susurros. «Que parezca que estamos al Rosario», dijo, y todas asintieron con interés. En esa lectura que contaba la historia de una chica alegre y aventurera que vive en una villa marinera fue la primera vez que la mayoría de chavalas de Santana «vieron» el mar. O bueno, más bien se lo imaginaron. Lo mismo ocurría con la historia de amor que aparecía en el relato, que hasta ese momento ninguna de ellas lo había sentido así.

Un trueno que hizo retumbar la caja del camión sacó a Gloria del pasado. El susto le impidió contestar que no, que ella no había visto el mar más que en los libros de Linares y que el que más le gustaba era *Esta semana me llamo Cleopatra*, que precisamente transcurría en un precioso pueblo con puerto del que la protagonista huía porque los que tenían que protegerla no lo habían hecho. Anita, así se llamaba la mujer del libro.

Y así habría elegido llamarse ella en su nueva vida si hubiera sido necesario cambiar su nombre además de la fecha de nacimiento. Pero no hizo falta. Se puso a llover con fuerza y todos los que estaban sentados en la parte de atrás del camión se movieron hacia el centro porque el agua se colaba sin tregua por las rendijas. Salvo un chaval que dormía en una esquina.

—¿Despertámoslu? Va a mojase —advirtió Gloria.

—¡Que se fastidie! Es un memo. Lleva intentando mirarme debaixo da saia desde que marchamos de Cambados —apuntó su acompañante que, además de «roxa», parecía (y lo era) de armas tomar.

Una gotera en el techo complicó todo un poco más. En la exigua estancia en la que se arremolinaban diez personas empezaron las quejas.

—Joder, así no se puede —gritó uno de los chicos.

—Que llueva, que llueva, la virgen de la cueva —apuntaba otro con sorna.

—Shilencio, shi no quieresh shalir del camión ahora mishmo —advirtió el conductor.

Gloria sonrió tímidamente y fue consciente de esa sonrisa más que de ninguna otra en su vida. Entonces, una gota le cayó en la nariz y le cambió el gesto. Era la misma gota, la misma lluvia, que caía mientras se alejaba del hogar familiar dos semanas antes. Cerró los ojos esperando otro pingón que la despertara de aquella oscuridad para descubrir que los últimos quince días eran un sueño, un mal sueño o tal vez una novela.

No, qué va, una novela no era.

Los libros que le dejaba la señorita Paula en la casona siempre le sacaban sonrisas y emociones que le llenaban el pecho de felicidad, sobre todo cuando triunfaba el amor, que era siempre, como a ella le gustaba.

¿Cómo volver a leer la Biblia, el único libro que tenía su padre en casa, después de sentir todo lo que le hacían sentir las novelas culpables de sus ojeras de tuberculosa? No, no era eso lo que sentía. Era, de hecho, todo lo contrario. Era una pena atroz.

Abrió los ojos, alzó la cabeza. La gota que esperaba desde hacía rato le cayó en el centro del ceño fruncido y le resbaló por la nariz hasta llegar a la comisura de los labios. Sacó la lengua y la sorbió. Como había sorbido las lágrimas la última vez que estuvo en su pueblo.

Fue en la plaza. Los tratantes cerraban la compra de unas xatas con Vitorón y todo se complicó porque la Guardia Civil, a la vez, arrastraba desde el pozu los cuerpos heridos de dos mineros cuyos gritos asustaron a las reses. Entre unas y otros se montó un buen Belén. Fue lo último que vio Gloria de Santana. Aprovechó el tumulto para alejarse de allí y ni siquiera miró atrás.

Había llovido tanto en los últimos días que el barro de la carretera que bajaba a El Entrego, o la sepultaba o la hacía resbalar. Aún podía oler los purines que caían del camión a chorro y el humo de algo que habían prendido en el pozu y que ya llegaba a las casas del pueblo.

El codazo de su compañera de viaje la sacó de sus recuerdos.

—¡Coma se fósemos bois!

—¿Qué?

—¡Bois! ¡Bueyes! ¡Vacas! Que mira onde nos llevan... Si fósemos vacas, polo menos teriamos algo de comer... —Sonrió mientras agarraba del suelo dos hierbas secas que parecían llevar allí más años que el camión.

Gloria pensó que si le decía a esa chica que en ese preciso instante ella estaba pensando en vacas no se lo iba a creer.

—Por cierto, chámome Rosa... Me dicen Rosita. Aunque esta semana quiero que me llamen...

—Cleopatra... —dijo Gloria en voz baja.

—¿Cómo sabías que iba a contestar justo iso? ¿Conoces el libro? ¡A mí me encanta!

A la joven le pareció buena idea el cambio de rumbo en la conversación. Al parecer su nueva vida, tras su primera muerte, estaba marcada por las casualidades y el simple azar.

La «fortuna» ya había aparecido diecisiete días antes cuando dos camionetas de la Guardia Civil que subían hacia el pueblo no le dieron opción a apartarse y la obligaron a tirarse a un lodazal en la curva de la carretera que daba al camino que bajaba al río Villar. Cayó de rodillas. Sucia, dolorida y con un suplicio en el bajo vientre que le daba mucho miedo porque nunca antes lo había sentido, gritó de rabia. Pero el alarido solo fue capaz de soltar parte de lo que le agarrotaba la garganta. No todo. La lluvia comenzó a arreciar con intensidad. Se arrastró como pudo por la caleya y terminó en la cabaña de Pedro Cancio.

La choza no era de Cancio, pero había sido el lugar elegido por el hombre para ahorcarse y el sobrenombre le quedó para los restos. El auténtico propietario de la finca, Vitorón Corte, peleó para que se le devolviera la «titularidad» simbólica a puñetazo limpio más de una vez en el chigre cuando le sacaban el tema para tocarle los cojones.

—¿Entonces qué, Vitorón, la cabaña tendrás que dala a los herederos de Cancio o qué?

—¡Me cago en Dios! —bramaba el paisano, y más valía que el autor de la afrenta no estuviera en su círculo de acción.

Con los enfados de Corte y todo (quizá incluso por culpa de ellos), se siguió llamando a la cabaña la de Pedro Cancio.

Cuando estas cosas pasan, no hay nada que hacer. Si el pueblo dicta sentencia, no queda más que asumirlo. En Santana y en la Cochinchina. Y si no que se lo digan al Moro, otro vecino del pueblo, que vino de la mili en Melilla tan moreno que parecía uno de los regulares que habían estado por la zona cuando la guerra, y ya nunca se pudo quitar el sobrenombre, aunque lo más al sur que habían llegado sus ancestros antes de su servicio militar había sido Caborana.

La muerte de Cancio en aquella cabaña había marcado el destino del lugar y el nivel de paciencia de Vitorón. Pero no solo eso. El suicidio del barbero había traído mucha cola... Para empezar porque, pese a su profesión de barbero, el hombre había optado por la cuerda y la viga para acabar con su vida y no por un corte certero en la muñeca como era de esperar, ya que manejaba con destreza las cuchillas.

—Igual nun tenía les navayes bien afilaes —reían en el bar.

—Pues con la facilidad con la que me cortaba a mí el cuello cuando iba a que me arreglara la barba... —añadían.

Y para seguir, porque pese a que Cancio no era el único ni sería el último de los suicidas de Santana, lo cierto es que el suyo había sido un error de cálculo. Lo único que pretendía el paisano era darle un susto a su mujer. Lo hacía, al menos, una vez al año desde que se casaron. «Pues me mato», gritaba enfadado. Todo el pueblo asistía al espectáculo del hombre saliendo de su casa amenazando con la parca, y de su mujer, la pobre, que era una bendita, corriendo detrás de él como un alma en pena. «No te mates, no te mates, Pedrín, ven... No seas así, ¿cómo voy a dejarte?».

—Total, que esta vez la paisana no se lo creyó, quedó en casa y él... ¡matose! Taría hasta los cojones de él y dejolu marchar... Que Dios lu tenga en su gloria, pero era más pesáu que una vaca en —contó en casa de los Montes el afilador, que se enteraba de todo y para el que su nueva preocupación era saber si la barbería encontraba repuesto—. Y a ver si esti me da un poco más de trabayu, que Cancio no miraba pa les navayes —concluyó.

Pedro Cancio también había sido el primer muerto en traje que vio Gloria en su vida. Y no solo ella, en realidad lo vieron todos los guajes del pueblo que habían corrido a esconderse entre los avellanos que daban a la chabola donde Vitorón había encontrado al muerto.

—¡Me cago en su puta madre! A ver dónde meto yo ahora las novillas... —dijo el ganadero cuando se lo encontró allí con la lengua fuera y le dijeron que había que esperar a la Guardia Civil para mover el cuerpo—. Él ya ta muertu y las mis vacas muy lozanas, no sé por qué tienen que pagar estos animales por el mongol este... —aseguró apuntando al cuerpo que aún pendía de la viga. Porque en Santana las prioridades de cada uno las marca cada uno, como veis.

Los chavales se informaron unos a otros de la presencia del cadáver en la cuadra de Corte y cuando se dieron cuenta eran lo menos quince los agazapados tras la hojarasca, en silencio, concentrados en el morbo que les daba saber que iban a ver un muerto.

—Pues dice don Salustiano que los que se matan van al infierno —apuntó Manolín el portugués. Y los pequeños lo miraron con cara de miedo.

—Don Salustiano será el que acabe en el infierno. Al tiempo... —susurró la mayor del grupo y jefa de la banda, Liber la de Roca. Solo Gloria, a su lado como siempre, la escuchó. La chavala, ya en voz alta, dijo—: Shhh... que nos van a pillar.

La muerte era lo único que hacía a los guajes de Santana estar en completo silencio. Hacían lo mismo cuando había algún accidente en la mina. Se escondían entre las pilas de carbón y veían pasar las camillas. Algunas iban cubiertas por completo con unas telas sucias.

—Pero si les ponen eso a los que sacan de la mina, nun pueden respirar —dijo Gloria un día en voz alta, señalando a las parihuelas.

Los guajes se rieron tanto de ella aquel día que años después seguía poniéndose colorada si se acordaba de la escena. Liber la defendió.

—Os creéis muy listos... No hagas caso, Montes... Esos mineros ya no necesitan respirar. Están muertos.

Allí agazapados vieron cómo, rígido como una piedra sin trapo que le tapara la cara, salía Pedro Cancio de la cabaña. Tieso como los avellanos que los escondían. Varios hombres habían tardado un buen rato en descolgarlo, mientras Vitorón soltaba cagamentos a diestro y siniestro.

—Pues a ver dónde meto yo ahora las novillas... —repetía.

Cuando por fin sacaron al barbero, uno de los chavales sentenció: «De la mina salen más sucios», y los demás asintieron. No les dio tiempo a mucho más, unos segundos después la voz ronca de don Salustiano a sus espaldas los sorprendió:

—Los que quieren hacerse pasar por Dios y elegir el momento de su muerte irán al infierno igual que los que husmean en donde no les incumbe.

Todos echaron a correr salvo Gloria, que durante unos minutos siguió mirando al muerto con el cura a su lado. Lo miró con disimulo de arriba abajo. El párroco estaba tranquilo, como si no fuera verdad que Cancio iba a acabar en el mismísimo averno.

Tirado en el suelo, donde lo habían dejado los hombres, no parecía que el peluquero hubiera sufrido mucho antes de morir. Estaba impoluto, con el traje de domingo y corbata de fiesta y, desde su posición, la nena hasta intuía una sonrisa en el rostro pétreo del ahorcado. La brisa, cargada con el calor del sur, movió las hojas de los árboles y Gloria pensó por primera vez en su vida que matarse era pecado pero quizá también un acto liberador. Apenas tenía siete años.

Y allí estaba de nuevo, frente a la cabaña con nombre de ahorcado, pensando en la muerte como algo real. Estaba sucia, mojada, dolorida, sangraba por las rodillas y no le cabía más tristeza en el pecho. Bajo el techo de la cabaña se levantó la falda y vio «el estropicio».

La sangre, que en el discurrir hacia el suelo le calentaba las piernas ateridas, no era de la herida que se había hecho al caer. Salía de sus bragas a borbotones. Como sus lágrimas. Solo se dio unos minutos de tregua que a ella le parecieron horas. Después, actuó como una autómata. Como si lo que tenía que hacer lo hubiera hecho mil veces. Los pingones del tejado habían llenado un caldero en la puerta de la choza. Lo cogió y se lavó escrupulosamente a pesar de los sabañones. Era algo que ya tenía aprendido.

Abrió la maleta. Se quitó la ropa manchada y la escondió entre la viga y las tejas. Usó hasta tres paños, los que tenía, pero «aquello» no dejaba de sangrar. Se asustó. Acurrucada sobre la hierba de la esquina de la cabaña parpadeó dos veces, muy lentamente, como si fuera a quedarse dormida en cada uno de los gestos. Su cuerpo no parecía responderle. Se iba a morir. Ya no sentía ni frío. Don Salustiano no podría achacarle que fuera ella, y no Dios, la que decidió que ese iba a ser el lugar y el momento de su muerte. Aunque, por otro lado, la verdad es que tenía, o eso creía ella, todas las papeletas para acabar acompañando en la eternidad a Pedro Cancio y al mismísimo demonio. Si no por una cosa, sería por la otra. Ella también iba directa al infierno, estaba claro.

En el fondo, quizás lo mejor que le podía pasar al mundo es que ella se muriera. Total... Muchos dejarían de sufrir. La primera ella. Además, nadie la iba a echar en falta. Miró a su alrededor. Su última visión sería la laboriosa tarea de una araña, y el último sonido el de la lluvia ahogando la tierra. Se hacía de noche.

Tiritaba y se agarraba la barriga con tanta fuerza que los dedos de sus manos se tornaron blancos. Hasta que ya no tuvo fuerza ni para parpadear. Se dejó llevar por un desvanecimiento que resultó ser más placentero de lo que una se imagina la muerte. A lo mejor el infierno no era peor que eso... Solo esperaba que su familia no pasara mucha vergüenza. Y que Vitorón no se enfadara con ella.

Con los ojos ya cerrados, no vio la sombra que entró como una exhalación en la cuadra. Sí escuchó el «me cago en Dios» que soltó el dueño de la silueta cuando vio una pequeña maleta de cartón y unos trapos llenos de sangre. Y después a ella tirada sobre la hierba...

—Pero... Esto... ¡Neña! ¿Qué faes aquí? ¿Me oyes?

Una mano grande la agarró del hombro.

—Déjame... —musitó.

—¿Tas bien? ¡Joder, esto está lleno de sangre!

Otro hombre entró corriendo.

—Joder, Rufo, me cago en Dios... ¡Hay que marchar de aquí! Ta la cosa revuelta por Santana, algo pasa... Nos van a pillar... Pero, ¿qué cojones...? ¿Quién es esta? ¡Déjala! Tenemos que irnos... Nos van a pillar.

—Ay, calla... ¿cómo vamos a dejar a esta guaja aquí?

Las siguientes horas tras su primera muerte fueron un misterio para Gloria. Durante un tiempo lo único que supo, y no era tontería, es que al abrir los ojos de nuevo estaba viva, seca y profundamente cansada en una habitación que no conocía, donde alguien había encendido una estufa. Era imposible que eso fuera el averno. Sin fuerzas para incorporarse giró su cuello hasta que consiguió ver por el resquicio que dejaban las cortinas de la ventana el pico de la torre de una iglesia. Sabía perfectamente dónde estaba.

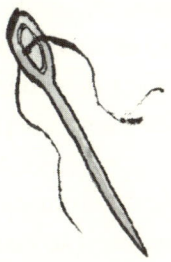

No se asustó. Aquella visión no era peor que todas las certezas con las que se había desmayado y que en realidad seguían ahí. Y en el infierno no estaba. Eso seguro. La cruz de aquella iglesia que había visto tras abrir los ojos era inconfundible. Y el pararrayos que la coronaba también. Alguien la había bajado a El Entrego. Así que aquello tampoco era el paraíso porque precisamente el crucifijo de cemento en lo alto del templo era el culpable de todos sus males.

Bueno, tampoco la cruz en sí, sino todo lo que había traído con ella. Porque a la construcción había llegado desde Cangas del Narcea Germán, el hijo pequeño del hermano de su padre. Y él sí era el responsable de que ella estuviera ahí, sin apenas aliento en una habitación que no era de su casa.

El chaval había llegado a El Entrego para trabajar durante meses de paleta, mientras ahorraba lo suficiente para marcharse. «Porque yo no quiero ser minero como mi padre y como tú. Yo quiero uniforme...», decía cada domingo señalando a su tío, que no decía ni mu. Sus primas lo miraban sorprendidas. Porque Germán Montes, que libraba de la mili porque llevaba una calza en el pie derecho de ocho centímetros, era el único capaz de callar a su padre y porque en realidad todas sabían que, con aquella tara de nacimiento, lo del uniforme le quedaba grande. Compensaba su invalidez, eso sí, con una chulería que obnubilaba a cualquiera. Quería marcharse a la gran ciudad, trabajar de sereno y comprarse un coche. «Que tengo un amigo de Cangas que anda por allí y dice que aunque esté... bueno... de lo mío, que puedo... Cuando venga por el verano a veros ya le pasearé yo a usted, tío, ya verá qué envidia cuando le vean...».

Al principio Gloria mostró una reticencia previsora hacia el chaval, pero pronto cayó rendida a sus encantos cuando cierto día se le acercó al oído y le dijo:

—¡Qué guapa estás, prima, nunca me había fijado!

Era la primera vez que un chaval (un hombre mayor) se fijaba en ella. Desde ese momento no podía evitar un cosquilleo placentero en la boca del estómago cada vez que él le tocaba la mano. Ni tampoco la oleada de emociones cuando se acercaba tanto a ella que no podía moverse y él le metía la mano bajo la blusa. Esas partes en los libros de Luisa María Linares que ella siempre se tenía que imaginar cuando cerraba el libro porque nunca se escribían... Siempre acababan con un casto beso. «Así que es esto», pensaba. Y los cosquilleos se multiplicaban por mil.

Germán se acercaba a ella y todo era mejor que en las ensoñaciones tras la lectura. Lo que sentía era real, se podía tocar, oler... Y todo fue bien hasta que un día el chaval la acompañó a darle de mamar a un par de corderos huérfanos en la cuadra vieja y la cosa pasó a mayores. Ninguno pudo frenarlo al principio pero cuando ella quiso hacerlo —«No, no, no, Germán, no podemos hacer esto. Don Salustiano dice que... Si se entera mi padre nos mata»—, él ya no estaba dispuesto a parar.

—Ahora no me vas a dejar así —le gritó mientras le rompía las sallas y las bragas.

Ella apenas se movió, a pesar del dolor y las ganas de llorar que dejaron de serlo cuando él terminó. Se había quedado petrificada. Solo quería que acabara cuanto antes. Las lágrimas no le dejaban ver bien los botones de su blusa y, tirada en el suelo entre la hierba más antigua que los muros, se fijó en que el zapatón de su primo estaba lleno de leche, la que se había derramado de una de las botellas que llevaban para los corderos.

—¿Por qué cojones lloras ahora? —le espetó él con un tono que nunca salía ni en los libros ni en las imaginaciones.

—Es que se cayó la leche y se van a quedar con fame... —respondió ella como pudo, evitando la mirada de su primo y señalando a los lechales. Y ni siquiera mintió del todo, el desamparo de aquellos animales de repente le pareció injusto y lo más triste del mundo. Sabía, además, que le iba a caer bronca cuando volviera a casa contando «el despiste» de la leche derramada. Y a lo mejor no había más leche para darles. Lloró desconsolada.

Germán puso cara de asco al ver su zapatón manchado y lo limpió con las sayas de su prima. Ni siquiera se volvió para mirarla. Encendió un cigarro y, cuando la sintió vomitar, se volvió con la mirada llena de rabia. Le cogió el mentón con fuerza y la obligó a mirarlo a los ojos.

—Y de esto chitón a nadie, ¿te enteras? Si le dices algo a tu padre, yo lo negaré. ¿A quién va a creer el tío? ¿A su hija que es una puta o a mí que soy su sobrino preferido...?

Cojo sí, pero listo también. ¿Te enteras? —añadió antes de darle una patada en las piernas.

Gloria dio un respingo al acordarse de aquel golpe y no precisamente por los ocho centímetros de caucho. Volvió a mirar la cruz de la iglesia, que era también su cruz, y después giró la vista hacia aquella habitación extraña en la que reinaba el silencio. Escuchó una voz femenina acercarse.

—Si no fuera urgente sabes que no te pondría en este compromiso. Ya me quedó claro que no eres un camarada...

—¡Pilar! Ni siquiera quiero que digas esa palabra delante de mí —oyó responder a un hombre.

—Ay, doctorcín, qué remilgos tienes para unas cosas y qué pocos para otras...

Gloria cerró los ojos. No identificó al señor que hablaba, aunque le sonaba su voz. Pero a ella... a ella sí. Era Pilar la modista. Volvió a mirar por la ventana. Sí, claro... No había dudas. Estaba en casa de Pilar, en el piso de arriba de su taller de costura, justo detrás de la iglesia. Conocía bien el sitio.

De guaja, su madre la había apuntado a clases de costura. A ella y a sus dos hermanas. Iban los domingos, muy temprano, sobre las ocho de la mañana, y salían de allí a las doce menos cuarto, justo, justo para entrar a misa. Tenían que ir a El Entrego a los oficios porque en Santana no había iglesia. Parte del suelo se había fundido y los vecinos, que eran temerosos de Dios, lo eran más de acabar hundiéndose en la primera galería del Pozu María Luisa, que pasaba justo por debajo. Así que se había cerrado el templo por la gracia popular.

Cuando al pueblo llegaba alguien nuevo, los guajes siempre inventaban versiones del porqué de la clausura de la iglesia. Las que más le gustaban a Gloria eran tres: que era la entrada al infierno, de ahí el agujero que había en el suelo; que se la había llevado por delante una bomba de la Legión Cóndor; o que en realidad la culpa del desastre la había tenido un cartucho de dinamita que se le «cayó» a Ceferino, el jefe de artilleros de la mina La Pipiona...

Como en el averno no creía mucho, aunque nunca lo diría en voz alta, a ella, sin duda, la opción que más miedo le daba era la de que hubieran sido los aviones. Al menos a Ferino, pensaba ella, se le veían las intenciones y le escuchabas los gritos de lejos, con lo voceras que era. Pero a los aviones no. Esos aparecen y desaparecen del cielo en segundos. «Ni te da tiempo a enterarte... ¿sabes?». Así se lo había escuchado decir a las mayores precisamente en las clases de costura, entre pespunte y pespunte.

Y muchas más cosas se decían en susurros en las mañanas de domingo de agujas y confidencias. Como que el padre de las Castro, que estuvo en el frente en la batalla del Ebro y después en un campo de trabajo, no era minero sino preso, y que cada año que pica carbón en el Pozu Fondón se descuenta de su pena. O la vez que Diamantina les explicó mientras quitaban los hilvanes a una falda que de la Fuente Baxa no se puede beber porque a su lado está enterrada Rosalía, una viuda a la que mataron allí mismo cuando la pillaron llevando comida a los del monte. Como delante vive Ramón, que es más de la Falange que José Antonio, nadie había podido sacar el cuerpo y ahí seguía.

El taller de costura era el único sitio en el que las Montes escuchaban hablar de la guerra. Y no solo eso. Por ejemplo, podían incluso preguntar si tenía algo que ver que el cuerpo de esa mujer, Rosalía, estuviera en esa fuente con el hecho de que allí siempre hubiera un ramo de flores silvestres atado a un grifo que nadie usaba.

—Sí, claro que tiene que ver, prenda. Lo coloca Tina, la hermana de Rosalía.

En casa no se hablaba de nada de eso. Su padre no les dejaba siquiera mencionar la guerra. Como si no hubiera existido o no faltara nadie en casa desde aquellos años del terror y los que vinieron después, que no fueron pocos; como si los que faltaban desde entonces no hubieran existido nunca. El silencio se fue heredando y se convirtió en olvido.

Así que Gloria, y era consciente de ello, desconocía muchas cosas de su pueblo, de su familia y de su propia vida. No sabía que a Gabriel, el hermano pequeño de su madre, lo mató una bomba cuando tenía cuatro años. Ni que el diente que le faltaba a su padre era fruto de un pisotón que le había dado un vecino cuando escapaban a refugiarse de las bombas en la Cuevallonga.

Menos mal que estaba el turno de costura de los domingos por la mañana para saber.

La clase dominical a esas horas de la mañana la llenaban principalmente las mozas de Santana. Eran tantas en las casas de la calle principal del pueblo que los de fuera la llamaban «la Calle'l Ratu». Se lo habían puesto hacía unos años los mineros de La Pipiona que trajinaban por el valle a todas horas, día y noche.

«Tienes donde elegir, las hay morenas, rubias, más ligeras y menos...», se reían los que paraban en el bar de Cuco de la que subían o bajaban al tajo. En determinados momentos, en el cambio de turno de la noche, las Montes (todas, en realidad) tenían prohibido andar solas por la calle. Y mucho menos ir al lavadero. Ya habían sufrido más de un susto con los mineros, «que bueno, ya sabes cómo son los homes, y cuando beben... ye mejor no provocarlos», decían las viejas.

Por eso, porque eran muchas y porque también los miedos se heredan, las guajas de la Calle'l Ratu, que odiaban ese nombre, siempre iban en grupo. También a costura los domingos por la mañana, la única que tenían libre.

El resto de la semana se la pasaban ayudando a sus madres a criar a sus hermanos y hermanas. Y como en la mayoría de las casas de Santana no sobraban los jornales con tanta mujer, muchas también trabajaban fuera. Alguna tenía la suerte de hacerlo en los chalets de los ingenieros o, con suerte, en el palacete de los Acebo, como era el caso de las Montes. Pero esas eran pocas y casi todas acababan marchando a servir a familias de bien (y bienes) en Oviedo o Gijón, también en Madrid. En realidad, la mayoría de las chavalas trabajaban de carboneras en las tolvas al menos hasta que se casaban. «Si palias carbón con estas manos también puedes hacer un pespunte, así que venga, aire...», decía la modista con una disciplina que siempre parecía implacable en las primeras impresiones y que después resultaba ser tierna. Las mozas de la Calle'l Ratu la adoraban.

Pilar era alta. O quizás no lo era tanto pero su cabeza siempre erguida le daba un aire de giganta. Para cuando las hijas de Montes la fueron a conocer ya peinaba algunas canas que disimulaba bien porque su pelo era más bien rubio. El cabello claro y los ojos verdes le daban un aire de capitana del ejército soviético. De su solapa no prendían medallas de combate sino agujas y alfileres, incluso cuando no estaba en el taller. Y en su falda siempre había enroscado algún hilo extraviado que ella, para salir de casa, se quitaba con parsimonia y coquetería. Usaba gafas que ponía en la punta de la nariz cuando la labor que realizaba era minuciosa. Y si en ese trance alguien le hablaba, ella miraba por encima de las lentes con gesto de «me estás molestando». En su casa siempre había agujas, alfileres e hilos sueltos, pero casi nunca hombres, no al menos «maridos» ni nada por el estilo. Su padre había muerto en la guerra (esa de la que sí se hablaba en su taller) y ella se había quedado viuda poco después de casarse cuando, embarazada de siete meses, su marido se mató en un accidente de moto (las malas lenguas siempre dijeron que venía de una reunión clandestina del Partido Comunista en Tarna y que en realidad el accidente no había sido tal). Nunca había vuelto a tener pareja.

A Gloria le encantaba ir a costura en buena parte solo por ver a Pilar trabajar con las manos y mirar por encima de las gafas cuando la interrumpían. Los dedos de la modista eran como ella y parecían moverse de manera natural, pero en realidad existía una cadencia repetitiva. Eran hipnóticos.

En las clases solo había una regla: «Lo que se habla aquí, aquí se queda, si me entero de que andáis chismorreando por El Entrego de cosas que se hacen o se dicen aquí, no volvéis. No quiero charranas en esta casa, ¿me oís?», decía la modista cada vez que el tema de conversación que se traían las chavalas entre manos era, cuanto menos, delicado.

Por mucho que a Gloria y a sus hermanas les gustara ir a costura no pudieron evitar dejar de acudir a las clases. Y no precisamente porque se hubieran ido de la lengua, no.

Fue por orden de su padre que, de la noche a la mañana, les prohibió acercarse al taller.

—Esa muyer ye un peligro, con muy malas compañías... Pero si ni siquiera va a misa de domingo... Nada, nada, dejáis de ir, seguro que ya sabéis suficiente costura y, si no, que os enseñe vuestra madre. Que además sois muchas y es mucho dinero —había dicho el paisano.

Las dos hijas pequeñas se quejaron amargamente de la decisión pero pronto se olvidaron de ello. Coser no les interesaba ni lo más mínimo. Pero Gloria... Ella le pidió a su padre explicaciones. Educada pero con miedo, porque sabía que el paisano podía saltar. Y no se confundió. Avelino no la dejó ni acabar la frase:

—Padre, ¿podría acudir una vez más a acabar la falda que...

La hostia la hizo sangrar por la nariz.

—Se acabó la costura. Y no me hagas volver a repetírtelo. Esa muyer ye el demonio y tú eres una... —No acabó la frase.

Ya habían pasado dos años de aquello y nunca había vuelto al taller. En parte por vergüenza. No sabía qué decirle a Pilar. Y ahora ella estaba allí, en casa del diablo y sin saber muy bien cómo había llegado. Seguro que Avelino Montes sí pensaba que en esos momentos ella estaba en el mismísimo infierno. Al sentir más cerca las voces del hombre y la mujer se hizo la dormida. Así que no pudo ver que entraban en la estancia cogidos del brazo. Escuchó unos pasos aproximarse y sintió una mano templada que le tocaba la frente.

—Tuvo que perder muchísima sangre la mi probe... Venía empapada. Se la encontr... Bueno, se la encontró un chaval, no importa quién... No me dijo dónde, algo me far-fulló de una cabaña donde se ahorcó un paisano allá para Santana... A saber...

El médico abrió su maletín sobre la cama mientras re-funfuñaba entre dientes. «No puede ser, Pilar, no puede ser que andes ayudando a gente que son unos delincuen-tes», le decía el hombre mientras se colgaba el fonendos-copio del cuello. Ella hacía como que le daban igual las palabras del doctor... Bueno, no se hacía. En realidad le daban igual esos enfados, eran más paripé que otra cosa y si no... ¿por qué seguía el médico acudiendo a sus llama-das de auxilio si nadie le ponía una pistola en la cabeza?

No quería discutir con él, solo que atendiera a la chava-la que desde hacía casi un día entero yacía en la habitación de la buhardilla. Se callaba con una sonrisa de medio lado que decía exactamente: «Mira, Saturno, aquí el único de-lincuente que hay es Franco». Solo de pensar lo nervioso que se iba a poner el doctorcín al escucharla mencionar al Caudillo ya le hacía gracia.

Aunque en realidad, Saturno Vieira, el doctor que la compañía de carbones había contratado hacía lo menos ya siete años, no habría podido escuchar nada de lo que dijera Pilar porque para entonces contaba ya para sus adentros la cadencia del pulso de Gloria. Miraba el reloj y entrecerraba los ojos; entrecerraba los ojos y miraba el reloj. Cuando llegó a diez frenó en seco.

—Yo sé quién es esta niña...

Pilar le pidió que bajara la voz.

—Nos ha jodido, Turno... Y yo también lo sé...

—Es una de las hijas de... ¿cómo se llama? Ay, sí, mu-jer... Ese tipo tan raro de Santana.

—Y dale... ¿Puedes bajar la voz?

—¡Avelino Montes! ¡Eso!

La simple mención del nombre de su progenitor provocó en Gloria el mismo resultado que el puntapié de una calza de ocho centímetros. Pegó un brinco, se puso nerviosa, abrió los ojos, quiso incorporarse. No pudo.

—No, no, no... —repetía.

La mujer le tocó la cara y la obligó con ternura a recostarse de nuevo mientras miraba con gesto de enfado al doctor, que rebuscó en su maletín como si no fueran con él esos ojos.

—Ya está, prenda. Ya está. Nun te preocupes. Ya pasó... —dijo con ternura la modista.

—¿Pero dónde la encontraste así? Ha perdido muchísima sangre.

—No fui yo, fueron unos chavales, ya te lo dije, Turno. Y no me preguntes más, que después te cuento y todo son enfados...

—Yo no me enfado, querida, estás encubriendo a delinc...

—Calla la boca, querido, antes de que te arrepientas de decir tonterías. No eran delincuentes, pero ella sí es una enferma. ¿Vas a ayudarla?

—Habrá que avisar a su padre.

—No, mi padre no..., por favor.

—Cálmate, prenda, cálmate. Cuando te pongas mejor llamamos a la tu familia que igual te andan buscando...

—Yo ya no tengo familia... —La certeza del vientre vacío se apoderó de ella. No era tonta, ni una niña que no se enterara de nada—. Ninguna familia —añadió.

Podría haber sido una hostia con una rama de avellano en el lomo, como las que llevan las novillas cuando bajan del camión. Pero lo que su familia le había hecho a Gloria era aún peor.

—Prefiero verte morir a que nuestra casa esté en boca de todo el valle —había dicho el viejo sin doblegarse lo más mínimo ante las lágrimas de su primogénita. Su mujer atendía en silencio a la discusión. Y ese mutismo de la madre, entonces ella no lo sabía, iba a reconcomer a la vieja hasta el mismo día de su muerte.

Al igual que ocurría con la guerra, en la casa de Montes nunca más se volvió a hablar de aquella tarde infausta en la que «la mayor» se fue de casa. Como si nunca hubiera existido. Otro silencio heredado que no se rompió ni siquiera cuando el resto de niñas preguntaban los primeros días una y otra vez por su hermana.

Severina les pedía silencio con el dedo a sus hijas y el padre y, si oía una simple mención a la chavala, podía pasarse horas sin dirigirles la palabra, o enfadado y violento... Nadie volvió a ser el mismo. En Santana, a las vecinas les dijeron que se había ido a servir. Dejaron de abrir las ventanas, de acudir a las casas de otras mujeres a tejer o simplemente a hablar. El carácter de todos se tornó fosco, agrio y cada día que pasaba la penitencia era peor.

La madre, en un arrebato que ni Avelino se atrevió a frenar, hizo una noche una fogata en la huerta y tiró a las llamas todo lo que le recordaba a la hija ausente, también los libros que según su marido eran los culpables de todo. «El diablo se metió en la guaja por los cuentos, ya te dije yo que no era bueno que leyera tanto», la había atosigado el hombre durante las primeras noches. «Hay que quitarlos del alcance de las otras, que ya tuvimos bastante espectáculo en el pueblo. ¿Me oyes? No fuimos nosotros los que la echamos de casa, fueron los libros y esa terquedad ye de la tu familia, no me jodas, a los Montes no salió». A la mujer le hervía la sangre. «¿Cómo puede la mi fía faceme esto?», repetía y repetía.

En el fuego también se carbonizó la única foto que había de Gloria en la casa. Lo que ardió fue, en realidad, un trozo de la imagen, el de la izquierda, que la mujer arrancó de un tirón. Sin miramientos volvió a colgarla en la misma pared con un marco más pequeño. Valentín Vega, el fotógrafo, había colocado a las hermanas Montes de mayor a menor en fila mirando a la cámara. Como no sonreían mucho, les hizo una gracia y las cuatro enseñaron los dientes en el mismo momento del clic. La imagen que había quedado para la posteridad era rara porque en esa casa nadie sonreía casi nunca y porque tampoco es que abundaran las fotos. Tras su huida, la cara de Gloria recogida en aquel papel fotográfico también pasó a ser solo un recuerdo, cada vez más vago. Hasta que se olvidó. Al menos eso era lo que parecía.

Para no faltar a la verdad hay que decir que la amnesia no fue total en los siguientes años. Sí hubo una ocasión en que su nombre salió de boca de su madre. Fue en la última confesión que le hizo al párroco, horas antes de morir y en realidad ni siquiera mucho tiempo después de que la chavala se fuera de casa. Cuando la mujer y el cura quedaron a solas en la habitación, ella alzó un poco la cabeza y con un gesto más ágil del que se le presupone a una moribunda, dobló la almohada bajo su nuca, estiró la colcha que tapaba sus piernas y se atusó el pelo.

—Ni todos los padrenuestros del mundo podrían solucionar el mayor error de mi vida, que fue dejar que la mi fía se marchara. Y usted tuvo la culpa, don Salustiano, usted, el mi hombre y Dios.

—Pero, Severina…, ¡no blasfeme!

—No es blasfemia, no, es la pura verdad. Y sí, nun me mire con esa cara, se lo repito. Los culpables fueron usted, Avelino y también Dios. ¿Cómo puede un dios que se dice bueno hacerle esto a una familia buena como la mía? Yo, don Salustiano, me voy a morir, pero la culpa nun me la llevo entera para la tumba porque no ye justo.

El párroco, que sabía perfectamente de lo que hablaba, apretó las manos de la mujer.

—Perdónala, Señor, porque no sabe lo que dice —susurró el sacerdote, y la vieja la apartó de su lado.

—Sí sé lo que digo, y nun puedo morime con tanto rencor dentro, aquí te queda… Por todo lo malo que nos ficiste. Si a alguien tien que perdonar Dios ye a ti… —dijo la mujer, tuteando por primera vez al párroco, antes de su último aliento.

Don Salustiano tragó saliva. ¡Vaya si sabía de qué hablaba la vieja! Él había sido el que convenció a Avelino Montes de «arreglar» lo de su hija la mayor cuando este fue a la iglesia a confesarle «la desgracia». Conocía un lugar donde enderezaban a las hijas descarriadas de familias cristianas como ellos. Era un asilo de monjas en la sierra de Segovia.

—La chiquilla puede ir allí a pasar unos meses, cuando se le vaya notando la barriga, y después lo que salga, le buscamos solución sin incumplir el mandato de Dios —había explicado el cura—. Trabajará en la granja del convento, en la cocina o de costurera. ¿Porque ella algo de coser sabrá, no?

—Bueno, don Salustiano, mucho no porque, como usted me dijo, saqué a las guajas de costura para que no tuvieran que ir a casa de esa mujer que ya usted sabe que es el mismísimo demonio...

—Claro, claro... —había respondido el cura, que ni siquiera se acordaba de la inquina que le había cogido a la costurera desde que descubriera que tenía un romance con el doctor Vieira, un buen cristiano y padre de familia. El propio médico se lo había contado en secreto de confesión y, aunque no pudo decirle nada a nadie por eso de no romper el sacramento, lo cierto es que se había encargado personalmente de acabar con la fama de Pilar como costurera y, durante un tiempo muy corto, lo consiguió. O eso quiso creer el capellán. La «pérfida» modista tenía muy buena fama en la zona, y aquel valle lleno de mineros y carboneras no era su Castilla natal, donde lo que dijera el cura iba a misa y nadie osaba contradecir sus palabras. Continuó hablando—: Ah, ya... Eso... Bueno, el caso, Avelino, es que después de que la niña dé a luz a lo que fuere, allí las monjas los atienden a los dos. A ella, para que se recupere, y a la criatura, que después será dada a una familia que sí la quiera y para la que su existencia sea motivo de alegría y no de vergüenza, como la que tú tienes.

—¿Y cuesta dinero? —preguntó Avelino con la mirada puesta en el suelo.

—No, nada. De hecho, es probable que la familia que coja al niño quiera darles un pequeño aguinaldo por el regalo.

—¿Qué?

—Sí... Este tipo de familias suelen querer varones, que los pagan mejor, pero si es una hembrita también, no se vaya a creer. Viniendo de su casa seguro que es una niña... Aunque igual nace niño, ¡imagínese! Bueno, no, mejor no se lo imagine. Perdón... No le va a costar dinero, nada. Es más, puede que hasta le llegue dinero a usted a casa y bueno, seguramente también a la Iglesia, que hacemos posible este milagro... —apuntó sonriendo, un rictus que no le sentó bien al minero que tenía delante.

—¿Qué?

Al cura comenzaron a caerle gotas de sudor desde la boina y optó por quitársela para hablarle a aquel hombre que, mira por dónde, le iba a «regalar» sin que lo supiera unos cuantos miles de pesetas.

—Nada, nada, que no se preocupe, que irá a una familia decente, eso se lo juro ante la misma virgen... Que no digo yo que la suya no sea decente, señor Montes, entiéndame, pero le ha salido la niña un poco rebelde y siempre hay una oveja descarriada... Y su nieto, o lo que sea, la criatura en cuestión, a usted y a sus otras hijas solo les va a traer desgracias. ¿O no se acuerda de las habladurías con esa chica que vivía donde el puente, con esos dos hijos sin padre que son una vergüenza? ¿Eso quiere para su hija? Mire, yo le digo que para resarcirse de este pecado carnal lo mejor es hacer feliz a un matrimonio al que Dios no le haya dado hijos pero sí mucho cariño para repartir. Sería injusto que no fuéramos buenos cristianos y los ayudáramos...

Avelino escuchó toda la retahíla del párroco con la mirada baja y la nuca enrojecida. Se sentía profundamente avergonzado siendo, de nuevo (o al menos así lo creía él), el centro de todos los susurros de Santana, como cuando su padre se suicidó tras pasar una noche en los calabozos que acabó con varios detenidos en el pozu o los meses en los que a su madre le dio por llevar hombres a casa, distintos cada noche y los otros niños del pueblo le preguntaban: «¿Cuántos padres tienes, Montes?». Él se ponía tan colorado que a veces se meaba y entonces todos se reían mucho más. Sabía perfectamente cómo era la sensación de la vergüenza porque llevaba toda la vida sintiéndola exactamente ahí, en la nuca. No, qué va, no se podía permitir ser otra vez la diana de todas las miradas, no lo soportaría. Y menos después de lo que le había costado pasar desapercibido.

En el pozu no quería jaleo de ningún tipo y por eso se juntó a los capataces. A los ingenieros solía hacerles favores de todo tipo para que le conocieran y con el resto de los mineros tenía la relación justa y necesaria. Ellos sabían que él no era de fiar, pero también que era un cobarde y que no iba a cometer la misma torpeza que su padre. No sería capaz de delatarlos, pero respetaban su distanciamiento. «Cuanto menos sepa, mejor, por si acaso», decían ellos.

Así que Avelino vivía haciéndoles la pelota a los jefes e ignorando a sus compañeros, que hacían lo propio con él. Todo estaba tranquilo. Él sabía que era tan débil o más que su padre, así que «cuanto menos sepa, mejor, por si acaso», repetía para sus adentros. Si tenía que secundar la huelga porque ya no le quedaba otro remedio, era capaz de ir a hablar con un capataz y llorarle para que supiera que él no iba a trabajar porque le habían amenazado y tenía miedo, no porque no quisiera cumplir con la empresa, con el patrón y el con el mismísimo sursuncorda... Mejor vivir tranquilo. «Lo mejor ye no dar que decir», era su frase preferida. Y ahora iba la niña y se quedaba embarazada...

Volvió a casa convencido por don Salustiano del futuro de su nieto.

—Antes de que pongas en boca de todo el mundo a esta familia con esi fíu bastardo que tienes en tus entrañas, te mato... Nun voy consentir que nos jodas la vida... —le gritó a su hija mayor aquella tarde.

La tarde que lo cambió todo.

Su mujer le cogió del brazo.

—Ya está bien Avelino... Deja a la neña.

El hombre la empujó contra la cocina de carbón y ella se quemó la mano al apoyarse en la chapa. La joven los miraba con los ojos como platos, acurrucada en el banco.

—Pero ye que Germán... —se atrevió a decir bajando la mirada.

—¿Germán? ¿Qué pinta Germán en todo esto! ¡Ni lo nombres, eh! Nun se te ocurra echar la culpa a nadie. Esto ye culpa tuya y del diablo que se te metió dentro. Claro, tanto libro, tanto libro. A esto lleva tanta lectura y esas compañías tuyas... Acabarás de puta, como la fía de Roca. De puta, porque ye pa lo único que sirves.

El hombre caminó a grandes zancadas por su casa hasta la mesita de noche de su hija mientras las dos mujeres permanecían en silencio en la cocina. Cogió dos ejemplares que había allí y con el gancho abrió la cocina de carbón. La joven se acercó a quitárselos. No podía quemar eso. Era lo único que la mantenía viva.

—Padre, por favor, escúcheme... Él obligome.

— ¡Te callas la boca! Yes una puta y a las putas no se las obliga.

—Avelino, por favor... No le hables así a la guaja.

—¡Severina, hazme el favor de callate tú también si nun quieres que te meta la cara en la cocina!

—Pero, padre, él..

El hombre levantó entonces la mano y de una hostia sentó a su hija en el suelo. A su lado se cayó uno de los libros, ella lo cogió y lo apretó fuerte contra el vientre. No tenía fuerzas para levantarse. Allí acurrucada, a los pies de su madre que no se movía, lo escuchó decir...

—Después de que se arregle esto, ya veremos qué facemos contigo. Aquí nun vuelves. Hablaré con alguien para ver si pues ir a servir a Madrid o... —añadió la cara de asco— o a una pocilga, que será para lo que sirvas. Nadie tiene por qué enterarse de la vergüenza que eres para esta casa. Don Salustiano me lo dijo bien claro. Y, por cierto, a las tus hermanas pequeñas no quiero que les digas ni mu. Dios te libre y la virgen santa de decirles nada a ellas. Si lo faes les arruinarás también la vida, pensarán que todas las Montes son tan putas como tú... Y ya tenemos bastante con una...

—¡Ya está bien! ¡Gloria, sube a la habitación! —fue lo último que le escuchó decir a su madre.

Cuando diez minutos después de dar aquella orden la mujer se encontró a la joven frente a la cómoda sacando la poca ropa que tenía de uno de los cajones, el de arriba a la derecha, algo le estalló dentro del pecho. Supo en ese mismo instante que nunca más iba a ver a su hija. Abrió la peana de San Pancracio y le tendió dos mil pesetas.

—No las quiero... ¡Guárdelas!

—No seas necia... Si ye que en el fondo yes igual que tu padre.

Gloria sacó toda la rabia acumulada en ese mismo momento.

—¡Mentira! No se le ocurra volver a decir eso nunca más. Nun soy como él. Ni como él, ni tampoco como usted, madre. Porque usted sabe de sobra lo que pasó. Yo nun quería. Nun quería... ¿Por qué no me defendió?... No responda, ya se lo digo yo: porque es una cobarde.

La frase se les atragantaría a ambas para el resto de la vida.

Y sí, tal y como pronosticaron sus respectivas intuiciones frente a la cómoda de madera noble, el mueble más antiguo de aquella casa, nunca más se volvieron a ver. Las dos mil pesetas de la peana del San Pancracio quedaron tiradas sobre la colcha de la cama y después volvieron a su lugar. Tampoco ese dinero volvió a ver la luz.

—¿Cuántas faltas llevas? —le preguntó el médico sin rodeos mientras le miraba los ojos.

—Tres... —dijo intentando no llorar.

Pilar le puso una mano sobre la frente.

—Prubina mía...

La mujer hizo ademán de irse, pero la chica le cogió la mano.

—Nun marches...

Pilar la apretó con fuerza y le ofreció una sonrisa amable. Sus manos estaban templadas, no como las del doctor que le pidió permiso para palparle la barriga y antes de tocarla se frotó las manos entre sí soplando con aire caliente sus dedos. La costurera lo observaba tan tranquilo, tan guapo... Le fascinaban las manos del remilgado Vieira. Bueno, la verdad es que le gustaba todo de él. Su altura, sus ojos, y hasta cuando le hablaba del Imperio Romano, un tema que a ella personalmente ni le iba ni le venía. Si no fuera tan mojigato.

La primera vez que lo vio, acompañaba a su mujer a probarse unos vestidos que le estaban confeccionando en el taller. Vinieron con los niños. Saturno Vieira, el médico de la hullera, desplegó todos sus encantos de galán de cine esa tarde. O eso vio al menos Pilar, que determinó a los pocos minutos que era un hombre diferente a los que estaba acostumbrada. No era un brusco minero, ni un ingeniero remilgado, y no parecía tampoco un camarada intelectual de esos que se podían pasar horas teorizando sobre la lucha.

Turno era otra cosa. Sonreía cuando su esposa le preguntaba algo del vestido y dio opiniones que sorprendieron a las mujeres mientras atendía a los niños. Cuando pidió permiso para usar la mesa de la cocina de la casa familiar y cambiarle el pañal al bebé, se hizo el silencio en la sala de costura.

—Ye médicu, boba, de esas cosas sabe... —rumorearon durante días las alumnas del taller sin salir de su asombro.

Fue ahí en la cocina con el bebé en brazos, apenas unos minutos después de conocerle, cuando Pilar se dio cuenta de que estaba totalmente abrumada por las sensaciones que le provocaba la simple presencia del doctor. Él se quitó la chaqueta con destreza, la estiró sobre la mesa, y después apoyó con ternura al pequeño. Antes de mirarla le dio un beso en la nariz al niño:

—¿Tiene pila para lavar? Creo que la voy a necesitar... —le dijo con una sonrisa. La mujer, que se había encendido un cigarrillo mientras presenciaba la escena, señaló a una puerta que daba a un pequeño patio interior. Él continuó—: Muchas gracias, puede volver al taller si lo considera, señora Abella...

—Llámeme Pilar, y nada de señora... Sinceramente creo que es usted bastante mayor que yo.

El hombre la observó apoyada en la encimera de la cocina, fumando, con las piernas cruzadas. La falda se le había levantado un poco y las rodillas se dejaban ver. Sin saber muy bien de dónde sacó los cinco segundos de valentía que necesitó para esta frase, dijo:

—Dejaré el pañal tendido y vendré a buscarlo en otro momento, con tanto niño no se puede hablar...

—Claro, cuando quiera... Mejor por la noche, hay menos gente y podemos tomar un café tranquilamente —respondió ella sin dejar de admirar la agilidad del hombre con aquella criatura en brazos. Saturno Vieira era, sin duda, un hombre peculiar.

—No tardaré...

Y no tardó. Esa misma noche el médico tuvo que atender una urgencia en la casa sacerdotal y a la vuelta modificó su caminata para pasar por delante de la casa de la modista. Vio la luz encendida de la cocina y no lo dudó. A Pilar no pareció sorprenderle. Comenzaron a hacerse amigos. Cada vez que Turno pasaba cerca del taller, aunque fuera de madrugada, si había luz, entraba a compartir una taza y una conversación. La modista se acostaba muy tarde, siempre tenía cosas que hacer en la casa. Si tenía que escribir cartas o escuchar la radio se encerraba en la buhardilla. También esa luz se veía desde la calle.

«Pasaba por aquí...», le decía Turno. Y ella sonreía con franqueza en el quicio de la puerta. «Pasa, anda, que ya te estaba esperando. Tengo rosquillas». Podían hablar durante horas y solo discutían cuando el médico le insistía en que fuera a misa...

—Y vuelta la burra al heno... Que nun se me perdió nada allí, prenda... —le decía ella levantándose de la mesa que compartían. Nunca sabrá por qué justo ese día acompañó la frase con un toque coqueto en la nariz del hombre que tenía delante y que había acercado demasiado su cara. El caso es que ese leve contacto físico fue como un cartucho de dinamita en sus impulsos. Él la agarró de la mano y con la misma pericia que cambiaba pañales la sentó en su regazo para besarla con una pasión desconocida para él, que se había casado con la mujer que era su novia desde los 14 años en Madrid.

La primera vez que hicieron el amor fue ese día, allí mismo en la cocina, sobre la mesa. Fue rápido y jadeante. Maravilloso. Dos segundos después del éxtasis que habían alcanzado juntos, a Pilar le dio un ataque de risa sobre el tablero y él se apartó con suavidad atándose los pantalones con torpeza.

—¿Qué hemos hecho? Esto... esto no puede ser —replicó él.

—Pues yo diría que sí pudo ser y ye mejor de lo que recordaba... —apuntó ella levantando la mano para acariciarle la cara.

Turno se fue del taller apresurado y nervioso sin dejarse acariciar. No llamó al cura en ese mismo momento para confesarse porque ya era muy tarde. Pero al día siguiente, antes incluso de empezar en la consulta, pasó por la parroquia. Suerte que esa vez pilló a don Salustiano en el confesionario y pudo contarle sus pecados sin mirarle a la cara. No era la primera vez que el cura lo obligaba a acompañarle a dar un paseo mientras le relataba sus faltas. Sintió la respiración agitada del sacerdote mientras hablaba y también su ira contenida al dictarle penitencia. El párroco no tuvo piedad. Tras escucharlo, comenzó a escupir calumnias, insultos y amenazas contra la costurera.

—Usted es un hombre de su casa, un padre de familia, don Saturno. No puede sucumbir a los demonios que le acechan, a las diablas. Son pérfidas, y esa en concreto es de las peores... ¿Sabe que cada poco entran y salen jóvenes en su casa? Pero no chicas jóvenes que vayan allí a aprender a coser, no. Hombres, hombres y más hombres que no paran, todas las semanas dos o tres... Y distintos. ¿A qué van? ¿Qué les da esa mujer del demonio? No me haga decírselo. ¡Vade retro, Satanás! Necesita un exorcismo... Es una cualquiera llena de pecado y si sigue así arderá en el infierno con ella. Y además es roja... La lujuria, don Saturno, no se le olvide nunca, es pecado capital.

Todas las frases del cura, que en circunstancias normales deberían haber trastornado al médico, tan piadoso él, no sirvieron para nada.

Al médico le extrañó la inquina y, llegado a un punto, hasta le dolió, era como si la modista le tuviera atrapado una parte de su alma con una fuerza poderosa. Solo se confesó aquella vez, pero mientras escuchaba el castigo divino fue consciente de que lo que sentía exudaba, eso era cierto, lujuria y lascivia. Pero no podía ni quería luchar contra ellas porque le hacían sentir vivo.

Pilar era una mujer inteligente, aguda, guapa y buena. Él lo sabía. Habían hablado mucho, largo y tendido. De cómo crio a su niña sola, de cómo ayuda a gente que lo necesita... Es cierto que no iba a misa y, sí, también era cierto que en su casa entraban muchos hombres, uno era él mismo, pero los otros no iban al taller a nada que tuviera que ver con las imágenes casquivanas que se le pasaban por la cabeza al párroco. Ellos buscaban allí otras cosas. Por ejemplo, documentos falsos para irse a Francia y Bélgica a trabajar. Ella, la regia costurera, era un enlace de vital importancia para el Partido Comunista en El Entrego. Turno también guardó esta información en el listado de temas que no era necesario confesarle a don Salustiano.

Se enteró de los «trabajos clandestinos» de la modista una madrugada, semanas después de conocerse. Unos fuertes golpes en la puerta de su casa sorprendieron al médico en el momento en el que entraba en su habitación para descansar. Había sido una jornada agotadora con un accidente horrible en las tolvas y tres carboneras con contusiones y heridas por todo el cuerpo. No sabía si una de ellas sobreviviría. Al caer se había golpeado la cabeza contra la vagoneta y había perdido una oreja. Era joven. Tenía la cara destrozada. Quizás se había puesto peor y su familia venía a buscarle. Volvió a cerrar la puerta del cuarto donde su mujer dormía. Se giró y en el descansillo la criada apareció como un fantasma, vestida con un camisón blanco, una redecilla azul que tapaba sus rulos perfectamente colocados y un candil...

—¡Joder, Charo! Me vas a matar de un susto...

Era la primera vez que la mujer, menuda pero de aspecto consistente, le escuchaba una blasfemia al doctor. Se santiguó por si acaso.

—Váyase para la cama, es una urgencia... No se preocupe.

Cuando ya se acercaba a la puerta principal, Turno sintió la voz de Pilar. A juzgar por su cara, era el último sonido que esperaba escuchar.

—Turno... Turno... —susurró la voz al oír los pasos cerca—. Soy yo... te necesito...

—Buenas noches. ¿Ocurre algo?... —Antes de preguntar el doctor sacó la cabeza del quicio y miró a ambos lados, instintivamente también a la ventana de la habitación donde dormía su esposa. No esperó respuesta, se puso el chaquetón, el sombrero y el maletín.

—Lo siento... —señaló Pilar.

—No sientas nada... Quiero pensar que si estás aquí es que tienes una explicación... Así que dime de qué se trata.

Quince minutos después estaban entrando a la habitación de Pilar. Para entonces aquello ya era territorio conocido para él. La habitación, el baño, el taller de costura y hasta la pila donde había lavado un pañal. Todos esos lugares habían sido escenarios del pecado. Si don Salustiano supiera. Sobre la colcha blanca de la cama ya explorada, un hombre de unos cincuenta años, muy delgado, se retorcía de dolor. Turno abrió el maletín y se puso serio. Tras la primera exploración respiró hondo, miró al hombre a los ojos, después a Pilar, y les dijo:

—Hay que operar y tiene que ser en el hospital.

—¡No! —gritó como pudo el enfermo.

Pilar lo tranquilizó con el gesto. Cogió de la mano al médico y se lo llevó al pasillo. Ya a solas lo miró de frente y apoyó la cabeza durante unos segundos en su pecho. A él el gesto le pilló desprevenido. Giró la mirada para ver si el hombre que estaba dentro de la estancia podía verlos. Nadie podía verlos. La abrazó con fuerza y cerró los ojos. Soñaba todas las noches de su vida con estar exactamente así. Segundos después la apartó con delicadeza.

—Tiene apendicitis... y si no le operamos ya, se puede morir...

—Dios mío, Turno, tú tan directo como siempre...

—Quiero que entiendas la gravedad de la situación, violeta...

—¿Me vas a llamar violeta muchas más veces?

—Te estoy hablando en serio, mi amor.

Eso sí que no se lo esperaba. Fue entonces ella la que se separó del médico.

—¿Mi amor?

—De verdad, Pilar, está muy grave, hay que operar ya.

—Verás..., mi amor... Resulta que este chaval, como tú dices, no puede ir al hospital, de hecho no puede ir a ningún lado... A ver cómo te lo explico. Supongo que tú, que llevas aquí los años suficientes, oíste hablar alguna vez de Constantino Fanjul.

Turno se asustó entonces de verdad. Nadie osaba nombrar en voz alta el nombre del comunista más buscado de la cuenca del Nalón. A él se lo había contado Trujillo, el capitán de la Guardia Civil, con quien de vez en cuando echaba la partida en el bar de la Gallega. «Anduvo por el monte unos años después de la guerra, el muy hijo de puta me mató a una brigadilla entera. Cinco de los mejores cazadores de rojos que tuve... Le metió dinamita al monte y un derrumbe los aplastó por completo. A dos no pudimos ni reconocerlos... Y fue él, Constantino Fanjul... Quédate con su nombre porque algún día me verás con su cabeza en la mano. Puta rata roja. Ahora dicen que anda para Moscú con los rusos, mejor que ande por allá, que no vuelva, porque estoy esperando mi venganza...».

—¿Él?... —Turno abrió la puerta de la habitación, el hombre lo miraba suplicando.

—Hazlo por mí, mi amor —concluyó la mujer.

El doctor entró en la habitación decidido.

—Fanjul, tienes suerte de que no gasté todos los analgésicos en las tolvas hoy... Pero ya te aviso que va a doler.

—¿Más o menos de lo que duele el fascismo, me cago en Dios? —preguntó el convaleciente sonriendo.

—Tinín, no vayas por ahí, que el doctor es muy devoto, a ver si lo vas a espantar, que yo, ya te lo digo, lo único que podría hacer con tu apéndice ye darle unos pespuntes...

Dos horas después de una intervención que no era peor que las que Turno había asistido cientos de veces en las minas, mientras el paciente dormía y ellos se lavaban las manos en la cocina, Pilar le dio un leve beso en su brazo.

—Muchas gracias... El Partido está en deuda contigo... —añadió con un guiño.

Menos mal que a esas alturas el doctor ya había decidido ahorrarse algunas cosas en secreto de confesión.

Porque en realidad eran muchos los favores que el Partido le debía a Turno Vieira. Después de Fanjul vinieron más y finalmente esa joven que yacía en la buhardilla de la costurera con una cara de tristeza tan honda que no se podía ni imaginar lo que le rondaba por la cabeza.

—¿Sabes lo que te ha pasado? —sonrió cariñoso mientras con delicadeza volvía a tapar con el camisón el vientre de la chica. Era tan joven y parecía tan desvalida que a él solo le daban ganas de protegerla como a la hija que, al parecer, nunca iba a tener.

Porque la saga de los Vieira no estaba destinada a tener hijas. Eran todo lo contrario que la Calle'l Ratu. En su familia todo eran hombres. Él tenía cuatro varones. El mayor nueve años, el pequeño seis meses. Todos con nombres alusivos a la historia de Roma porque a él le hubiera gustado estudiar Historia, pero en su familia no se podía ser otra cosa que médico y él no había nacido para desobedecer al orden natural de las cosas (al menos hasta que conoció a Pilar). Así que hizo Medicina. El guiño a su pasión se desplegó en el nombre de sus hijos: Rómulo, Remo, Augusto y Julio César.

—¿Sabes lo que te ha pasado? —repitió.

—Creo que sí... ¿Me voy a morir? —respondió la joven con tristeza. En la habitación los tres se dieron la mano.

—No te vas a morir porque en esta casa nun se muere nadie... —interrumpió Pilar, que continuó—: Te preparo un caldo y te lo bebes ahora mismo y sigues durmiendo otro poco, que perdiste mucha sangre. Después ya veremos lo que vamos a hacer. No te preocupes que nadie sabrá que estás aquí... —apuntó antes de marchar.

El médico se quedó allí a su lado recogiendo sus utensilios. Algo que estaba apoyado en la mesita de noche le sorprendió y dijo en voz alta: «Esta semana me llamo Cleopatra».

—No conozco este libro. ¿Habla de Marco Antonio? Si tengo un quinto hijo lo voy a llamar así. ¡Ay, la reina de Egipto! ¡Menuda mujer!

—¿Hablas de mí? —señaló desde la puerta la modista, que añadió—: Anda, deja a la guaja descansar.

Gloria estiró la mano hasta la mesita, tocó el ejemplar con la yema de sus dedos y sonrió levemente. El que la había sacado de aquella cabaña, también había rescatado su tesoro.

La dejaron sola.

A la costurera la intuición no le había fallado. La mayor de los Montes se había ido de casa, tal vez la habían echado, por culpa de un embarazo que ya no existía. A pesar de todo, Gloria no quería volver con su familia. Sus razones tendría, y debían de ser muy profundas porque la pena era tan cierta como que ella no la iba a obligar a volver. De hecho, haría lo posible por ayudarla a marchar de allí si ella quería. Siempre le había parecido una chica lista, resolutiva. Solo que tenía un padre que... ¡en fin!

Durante las siguientes noches, se sucedió la misma escena entre el doctor, la modista y la joven. Turno, que nunca más mencionó el nombre de Avelino, la exploraba con delicadeza y le daba ánimos hablándole de mil cosas:

—Marco Antonio conoció a Cleopatra en Tarsos, ella llegó desplegando todo el poder y riqueza de Egipto. Hasta Shakespeare le escribió un poema que dice algo así como... «La barcaza que ella ocupaba, como un trono bruñido, / brillaba en el agua: la popa era de oro batido; / las velas de púrpura, y tan perfumadas / que los vientos se enamoraban locamente de ellas; los remos, de plata».

—Pero vamos a ver, doctorcín... ¿Qué es esa moda de recitar a las mujeres de esta casa? ¿No me va a tocar a mí ni un solo ripio?

El hombre se levantó de la cama para ponerse junto a la modista que traía una bandeja en la mano. La chica los miraba incorporada sobre el colchón, con la espalda apoyada en dos almohadones vestidos con algodón de percal que le había enviado a Pilar desde Bélgica la mujer de su primo.

—«Vivamos, Lesbia mía, y amémonos. / Que los rumores de los viejos severos / no nos importen. / El sol puede salir y ponerse: / nosotros, cuando acabe nuestra breve luz, / dormiremos una noche eterna».

—¿Qué hago yo con este hombre? —dijo apoyando su cabeza levemente en el pecho del médico, y cambiando de tema—: Creo que esta paciente necesita uno de mis caldos...

Turno quitó la mirada que, sin disimulo, le estaba echando a la modista, y con picardía añadió:

—Creo que le sale mejor cocinar que coser y que tiene engañado a todo El Entrego.

Ella, lejos de amilanarse, contestaba con otra malicia aún mayor.

—Y no soy la única que tiene engañado a todo el pueblo.

Lo que aquellos dos se traían entre manos era algo nuevo para Gloria y la tenía fascinada. Eso sí era igual que las novelas de Luisa María Linares, como la historia de amor de ese libro que tenía en su mesita. Él estaba casado y ella viuda. Y aunque procedían de mundos muy distintos, tenían más cosas en común de lo que parecía en un principio. Lo primero, y más importante, un respeto absoluto por los hombres y las mujeres que trabajaban con el carbón. Admiración que si bien ella había heredado de su familia, a él le llegó con el trabajo. No tardó mucho. La misma mañana de su estreno como médico de la compañía de minas tuvo que cortar una pierna a un hombre sin anestesia ni nada.

—Fae lo que veas. No me puedo morir hoy, bautizo a la guaja pequeña en quince días —le dijo el minero. Y en ese mismo instante se dio cuenta de que había llegado a un sitio muy especial.

A Gloria le encantaba mirarlos. Pero a la vez, la relación de aquellos dos la hacía estar siempre alerta. No concebía escuchar una discusión de pareja sin que terminara en una gran bronca. Siempre lo esperaba, pero nunca pasaba. Todo lo contrario: el médico y la modista parecían finalizar aquellas diatribas más unidos de lo que la habían empezado, literalmente.

La primera vez que Gloria se sintió preparada para salir de la cama, lo hizo para asomarse a las escaleras y escuchar la conversación que se traía aquella pareja sorprendente cuya unión clandestina, sin duda, sería un gran chisme en todo el pueblo, quizás en toda la comarca. Apoyó los dos pies en el suelo y sonrió al ver que junto a la cama Pilar le había colocado unas zapatillas. Le quedaban pequeñas, quizás dos números menos, así que las calzó como pudo.

Ella sabía que no podía quedarse eternamente en aquella buhardilla, aunque fuera lo que realmente le apetecía, sobre todo después de que Pilar le trajera unos libros de la Linares que ella no conocía: *Cada día tiene un secreto*, *Solo volaré contigo* y el que más la perturbaba, básicamente porque parecía la vida de la propia modista, *Apasionadamente infiel*. Aunque ninguno de los textos sustituyó a su preferido, *Esta semana me llamo Cleopatra*, lo cierto es que el desván del taller se convirtió para la joven Montes en todo lo contrario a un infierno.

Claro que tampoco era un paraíso en el que pasar la eternidad.

Se asomó a las escaleras porque además le picaba la curiosidad. Quizás Turno y Pilar estaban hablando de ese futuro que estaban pensando para ella, una vez que les había quedado claro que no iba a volver «nunca más» a la casa Montes de la Calle'l Ratu.

—No digas eso... —reprendía Pilar con un poco de tristeza.

Así que acercó la oreja. Pero en vez de voces oyó unos jadeos que la alertaron. Corrió a la cama y se tapó la cara. Le ardían los mofletes y el corazón se le aceleró con furia. Sabía perfectamente lo que estaba pasando en esa cocina, era lo mismo que ella y Germán habían hecho en el pajar. Bueno no, lo mismo no era... Parecía mucho mejor. Desde luego que doña Pilar parecía estar disfrutando mucho, más incluso que el doctorcín. Miró a la mesita de noche. *Apasionadamente infiel*, decía el título del libro.

Esa noche, cuando la Montes sintió la puerta del taller cerrarse y a Pilar canturrear a solas en la cocina, bajó con la taza de caldo vacía en la mano. La mujer, que escribía una carta, la miró por encima de los cristales de las gafas y sonrió.

—Al sexto día resucitó de entre los muertos... —sentenció.

Tenía gracia. Gloria no dijo nada y aunque sabía que no era ni el momento ni el lugar de reírse, lo hizo con amplitud. Por primera vez en muchos días. Miró a la cocina de carbón, posó el tazón sobre la mesa y arrimó las manos a la chapa incandescente. La costurera dejó la carta que estaba escribiendo y le preguntó sin miramientos.

—¿Alguien más sabía que estabas embarazada?

—No. Bueno sí... Mi pa y mi ma. Bueno... ellos. Y Germán... él me..., él... —La chavala puso los dedos tan cerca de la cocina que obligó a Pilar a levantarse de un brinco.

—Oye, oye, a ver qué haces, neña, vas a quemate y el doctor ya marchó... No podemos volver a llamarlo. ¿Qué pensarían si lo ven andar entrando y saliendo en la casa de una mujer decente como yo...? —le dijo mientras le guiñaba un ojo.

Se caían bien. La mujer se acercó a la alacena, iba a sacar la caja de las buenas ocasiones, las que de verdad se lo merecen.

—Mi madre y mi hija me van a matar, pero mira, prenda, aquí me dejaron sola y para una vez que no tengo que rendirles cuentas. Nos vamos a hacer un chocolate.

Sin parar, de un lado a otro, a la fresquera a por la leche y la manteca, al armario a por el cazo..., le contó que las dos estaban en Valladolid, con una tía viuda, porque a la niña le había dado un mal de bronquios y habían decidido (lo había decidido la abuela) que iban a pasar el curso escolar en Castilla. «A que la neña seque...». Al principio a Pilar le pareció buena idea, pero lo cierto es que las echaba de menos. Volverían para las comuniones, que en el taller había mucho jaleo. Mientras tanto y no, el año se le estaba haciendo eterno. Ni siquiera la libertad de que Turno entrara y saliera de casa le compensaba. Al menos en Valladolid la guaja respiraba mejor.

—Ellas están deseando volver a casa... y yo me muero por abrazar al mi fideín. —La mujer no levantaba la vista del chocolate que acababa de romper a hervir. Lo apartó antes de que se le pegara. Miró a la joven que compartía los ojos gachos—. ¿Estás segura de que tú no quieres volver a casa? Ahora el... problema... ya no existe. Y estoy segura de que si hablas con tu madre... Severina es una buena mujer. Tu padre, bueno, ya sabemos cómo es..., pero ella...

La joven cambió el gesto.

—Ya no tengo casa, ni tengo padres, ellos renegaron de mí, dijéronme cosas que... Me las dijo él, pero ella no me defendió. No hizo nada. Solo darme 2.000 pesetas para que me fuera. Ahí se las dejé... No puedo volver a ningún lado. Además las mis hermanas... Ellas no tienen la culpa de tener una hermana como yo.

—Quieres decir una hermana tan guapa y lista como tú, ¿no?

La mujer la interrumpió con soltura mientras levantaba el cazo del fuego y lo servía en dos sofisticadas tazas de loza que Gloria solo había visto en la casona de los Acebo, cuando iba a limpiar. En el salón comedor del único palacete señorial que había en los alrededores de la Calle'l Ratu, la familia, dueños de toda la tierra que alcanzaba la vista, tenía una vajilla de porcelana fina de platos blancos con bordes dorados. Preciosa. En el reverso se podía leer «Limoge». La chica había tenido en sus manos todas y cada una de las piezas al menos dos veces al año: una cuando los amos venían de Madrid y otra cuando se iban. Era una labor muy delicada que requería de manos pequeñas para secar las copas por dentro, por eso se les encargaba a las niñas. La señora de la casa, un día viendo a la mayor de Montes muy interesada en las piezas y en la cubertería de plata de la familia de su marido, la sentó en la mesa y le enseñó cómo se colocan los cubiertos y los platos.

—Seguro que te viene bien esta enseñanza para cuando vayas a servir a alguna casa de Madrid. Porque te irás, ¿no?

Gloria asentía: «Sí, señora». Eran las dos únicas palabras que tenía permitidas intercambiar con la Acebo.

Pilar no colocó siquiera las tazas con el chocolate sobre la mesa, se la dio directamente en la mano.

—¿Te gustan las rosquillas?

—Sí, señora.

—Ay, no... Glorina, fía, llevas aquí ya una semana, como me sigas llamando «señora» me lo voy a terminar creyendo...

La joven levantó la taza para mirarla por debajo y dijo en voz alta:

—No trae «Limoges», trae «San Claudio».

—Ya me contarás por qué conoces tú las vajillas francesas, pero antes quiero que sepas que aquí te puedes quedar el tiempo que quieras, no tienes por qué irte, Gloria. En cuanto te encuentres mejor puedes ayudar en algo y de verdad no tengas prisa por marcharte. Pero tampoco puedes estar en el altillo toda la vida, El Entrego ye un pueblo y todo se sabe, no puedes estar escondida por siempre... No aquí.

—Como Corujo..., que dicen que está escondido en el monte desde la guerra y si vas a la gueta a un castañar que hay por ahí por encima de Limosnera, se te aparece y que no se sabe si es fantasma o vivo.

—No me puedo creer que el viejo Corujo siga dando miedo a los guajes de Santana. Siento ser yo quien te diga que de fantasma nada, Corujo está vivito y coleando en Bonn. Hace poco recibí una carta suya... La tengo por ahí... —dijo señalando un pequeño escritorio que había instalado bajo la escalera que daba a las habitaciones de arriba. Después siguió—: El caso es, nena, que si no quieres que tu familia te encuentre, habrá que tomar una decisión. Además en esta casa está todo el día entrando y saliendo gente...

—Y toda la noche... —apuntó la chavala acordándose del doctor Vieira y para despejar el ambiente que se estaba poniendo denso. Aún no se veía pensando en la posibilidad de enfrentarse al mundo sola, y ahí en esa casa había encontrado un refugio. Pilar sonrió.

—Efectivamente, ni en toda la noche... Pero eso es secreto, ya sabes. Lo que se dice y se ve en el taller...

—No sale del taller... —terminó de decir Gloria.

Pilar se puso seria.

—Pero la verdad ye que la tu familia no tardará en enterarse de que estás aquí... Y hay que tomar una decisión. Yo estoy dispuesta a ayudarte, tengo amigos repartidos por medio mundo y te puedo ayudar, solo tienes que pedírmelo...

Respiró hondo y continuó:

—Estoy segura de que en tu casa se dicen cosas muy malas de mí, ¿a que sí? Avelino, que lo conozco, me acusará de comunista, de atea, de bruja... Casi todo es cierto y me amilano lo justo como para que no me maten, o para que no me echen de aquí, porque alguien tiene que quedarse; pero sí, soy todo eso y gracias a ello puedo sacarte de aquí. Así que solo tiene que decirme qué quieres hacer, por dónde quieres empezar, pero con tranquilidad, cuando te sientas bien.

La cara de Gloria se tornó gris. Antes de darle un abrazo, la modista añadió:

—¿Sabes qué? —le cogió la cara entre las manos—. Como dice Escarlata O'Hara en *Lo que el viento se llevó*, «ya lo pensaremos mañana».

—No la vi... En realidad no vi muchas películas.

—Pues mira, puedes empezar por pensar en ir a una ciudad con muchos cines, teatros... ¿Sabes hablar francés?

El conductor del camión que los llevaba a Bruselas paró en seco después de dar dos volantazos acompañando el frenazo de un grito:

—¡Hoshtia!...

—¿Pero qué pasa? —refunfuñó un hombre al que la brusca maniobra despertó de un largo letargo.

—Pasha que eshtoy canshao... Y que me voy a dormir la shiesta a una penshión que hay aquí. A las nueve arrancamos. Que yo de noche conduzco mejor y voshotrosh podéish dormir y no tocáish los cojonesh.

Gloria se asomó sin entender lo que ocurría. Llevaban cuatro horas de viaje, en la camioneta se apilaban ya quince personas y el camionero decidía tomarse una pausa de cinco horas.

—Pero si son las cuatro... —apuntó la chavala.

—A lash nueve nosh vamosh... ahora, a pashar la tarde... Aprovecha para deshpedirte de tu tierra, nena.

—¿Pero dónde estamos?

—En La Franca... —le respondió el conductor con contundencia mientras se iba ya con la chaqueta al hombro.

Rosita la empujó:

—Bájate, que no solo vas a ver el mar... Vamos a mojarnos los pies.

La joven Montes miró a su alrededor. «¿El mar? ¿Qué mar?». Si allí solo se veían árboles y siguiendo la carretera, como a unos cien metros, unas casas.

—Tú no lo sabes porque no lo conoces, miña reiniña, pero el mar está muy cerca. Cheira a mar que es un alabar a Dios.

Los hombres que ya se habían arremolinado junto a la camioneta en busca de un bar cercano no les hicieron caso. Gloria se bajó del vehículo abrazando la maleta y una vez en la carretera la dejó en el suelo para atusarse la falda. Después, respiró tranquila.

—Vamos a ver el mar... —apuntó finalmente.

—Deja ahí tus cosas, mujer, que no te las va a robar nadie —comentó su compañera de aventuras.

Pero ella no iba a abandonar allí su única maleta, la documentación que tanto le había costado a Pilar la modista, el dinero que guardaba para ir a «Rue du Marché au Charbon» y su libro preferido. La gallega hizo un gesto como de no entender, pero empezó a caminar.

Cuando encaraban el camino que bajaba a la playa, que, aunque no se viera, efectivamente allí estaba, se les unió un joven de los que iban en la camioneta. Había subido en la misma parada que Gloria y a ella se le hacía un rostro conocido, pero no lograba identificarlo, parecía mayor que ella. No le sonaba que fuera uno de los mineros que paraban en Casa Cuco.

—Soy Rodolfo, pero todo el mundo me llama Fito, ¿puedo ir con vosotras? Lo de estos... —dijo señalando al resto de pasajeros, todo hombres— no me interesa ni lo más mínimo.

—Sí, pero no incordies... —respondió la gallega, que encabezaba el grupo y no vio cómo Fito le hacía burla. Gloria sí se dio cuenta y él le guiñó un ojo. Ahí supo de qué lo conocía. Era uno de los jóvenes que habían ido al taller de Pilar a buscar «papeles» con los que poder marchar a ganarse la vida a Bélgica, también a las minas.

Exactamente, lo había visto anteriormente, o eso creía ella, en el pasillo del taller. Gloria, aún convaleciente, abrió la puerta de su habitación y lo vio salir con Pilar del otro cuarto que había en la buhardilla y que tenía llave y una pared falsa, eso lo supo después. El hombre le sonrió con una franqueza que invitaba a la conversación y entonces también le guiñó el ojo. Iba a decirle algo, pero la modista adivinó las intenciones y le espetó:

—Chitón y p'abajo.

Y como «lo que pasa en el taller se queda en el taller», ellos dos se estaban haciendo los desconocidos.

El olor a salitre se hizo cada vez más evidente en su camino a la playa y también el sonido de las olas. Gloria lo supo porque no era la primera vez que lo escuchaba. Allí, bajando la cuesta acompañada de dos personas a las que apenas conocía de nada, se vio entrando en la biblioteca de los Acebo para limpiar cada rincón. Era tan pequeña que ni llegaba a la altura de la mesa del despacho para poder quitarle el polvo como le habían enseñado. Por eso subía a la silla de rodillas, para llegar bien a todas las esquinas de la imponente mesa de castaño (que entonces le pareció tan grande como le resultaría minutos después el ancho mar).

Severina, su madre, le había dicho: «No toques nada, tú solo limpia el polvo». Pero es bastante complicado limpiar sin tocar nada, por mucho plumero de avestruz que te gastes, y además a ella le encantaba coger, usar, manipular y hasta oler todo lo que estaba encima de aquella mesa. La pluma con la que escribía el hombre y el tintero en el que mojaba el plumín con una delicadeza tal que en toda la madera no había rastro de tinta, los papeles tan blancos como las camisas que solía vestir (y ese blanco, os lo aseguro, no era tan fácil de ver en Santana), el muestrario de piedras que, y eso lo sabían todos los mineros de la zona, el Acebo coleccionaba y tras un riguroso examen clasificaba en una vitrina ubicada junto al reloj de pared o la caracola gigante que usaba de pisapapeles. Pero la concha era lo que más le gustaba tener en sus pequeñas manos a la pequeña. Así la encontró el señor, que, lejos de reñirla, le dijo: «Si la acercas al oído, escucharás el mar. Cierra los ojos». Ante el entusiasmo de la guaja, que abrió los ojos como platos, el hombre, el primogénito de la familia propietaria de todos los chamizos y todas las minas del valle desde hacía más de cien años, le había regalado la pieza. Pero nunca salió de esa casa. Su padre, que había estado ayudando en el jardín mientras ellas limpiaban, la obligó a devolverla.

—¿Para qué ibas a querer tú eso? ¡Devuélvela ahora mismo! —le había gritado el padre enganchándola de la blusa para meterle prisa.

—Porque se escucha el mar, padre.

—A ti no te fae falta el mar... —había respondido él arrebatándole de las manos la caracola que, pese a la insistencia del señor Acebo, se quedó pisando papeles en la mesa de castaño noble.

El mar sonaba igual que lo recordaba en aquella caracola.

Abrió los ojos cuando un grito de Rosita le pidió celeridad. Ella y Fito ya veían el arenal. Para cuando llegó a ellos, el chaval ya se había quitado la camiseta, los zapatos y los pantalones. No era el único, varios grupos de chavales se arremolinaban en la arena con escasa ropa, el sol pegaba lo justo como para agradecer la escasez de telas, aunque Gloria no se iba a desvestir. Para empezar, porque ni siquiera tenía bañador. Ninguna de las chicas que conocía, salvo Paula Acebo, la pequeña de la casona, lo tenía.

—Míralas... —dijo Rosita apuntando hacia las escaleras que daban a un edificio enorme. «Hotel Mirador de La Franca», decía el cartel.

Y a las que la mandaba mirar era a unas mujeres jóvenes que lucían traje de baño y gafas de sol enormes, como actrices de cine.

—Pues me dijo mi prima que en Bélgica llevan todavía menos ropa que aquí... Que hay unas playas en las que incluso va la gente desnuda... ¿Te lo puedes creer? Que ya me dirás qué playas hay allí sí debe de estar más frío que o demo... —añadió la gallega, que causó el rubor de Gloria al añadir—: A lo mejor nosotras el año que viene..., cuando vivamos en Bélgica, tenemos bañador o vamos desnudas...

«Cuando vivamos en Bélgica...». La frase cayó como una losa sobre el pecho de la joven Montes. Tuvo entonces la certeza de que ya nunca iba a estar más cerca de su casa de lo que estaba en ese momento, de que no volvería a ver a sus hermanas, de que nunca regresaría a las fiestas de Felguera a escuchar a Tivo tocar el acordeón, de que ya había lavado sus últimos trapos en el río Villar, de que ya no podría admirar el ocre de los árboles cuando subían a apañar castañas a Limosnera, a pesar de que se le pudiera aparecer el fantasma de Corujo, para cenar después lo apañado con leche caliente al pie de la cocina de carbón.

Lloró sin dejar de mirar el mar.

A otros, a otras, los habían echado de su casa, de Santana o de Asturias, la pobreza o incluso sus ideas (estaba segura de que lo de Fito era algo de eso), pero a ella... A ella la habían expulsado del único lugar que conocía las únicas personas a las que había querido en su vida. Ya nunca más vería el pueblo que conocía como la palma de su mano porque había aprendido a andar sobre sus piedras a oscuras. Las lágrimas, imparables, rodaron por su cara. Así la encontró su nueva amiga, que debía de sentir algo similar, ya que no le preguntó qué le pasaba, simplemente le retiró con un dedo una gota de llanto que le caía desde la barbilla.

—Sórbelas bien que son saladas como el mar, parecerá que le das un trago... Como si te estuvieras bañando desnuda...

Gloria le agradeció el comentario con una media sonrisa. Respiró hondo como para buscar las fuerzas en la brisa con olor a salitre. Ella era una chica valiente, así se lo había recordado la modista antes de marchar: «Disfruta y sé feliz como la chica de ese libro que adoras».

Anita Ocampo de Alvea se llamaba la protagonista de *Esta semana me llamo Cleopatra*. Le hubiera encantado empezar su nueva vida llamándose Anita Ocampo, esa era la verdad. No pudo, pero estaba en un pueblo lleno de turistas y con mar, como en las páginas a las que volvía cada vez que necesitaba un lugar seguro en el que estar. ¿Qué haría Anita en su lugar?

Tocó la fardela con el dinero. No solo había francos, el doctor Turno, sin que Pilar se enterara, o eso creía él porque en realidad la modista se enteraba de todo lo que pasaba en el taller, le había dado 100 pesetas y un abrazo mientras le decía: «Eres una chica muy fuerte... Cuídate mucho».

Su instinto, el que le había enseñado su padre en realidad, le habría hecho devolverle el dinero a Vieira. Pero ella ya no era la niña que tenía que obedecer todo lo que dijera su progenitor. Él mismo se había encargado de ello. Así que lo metió en la faltriquera con el resto del dinero y la documentación falsa que le había conseguido Pilar gracias a unos camaradas, y se despidió sin mirar atrás.

No quiso que la pareja la viera con la cara más triste de toda su vida. Un rostro lleno de la inseguridad ante un futuro que no incluía ni el acordeón de Tivo, ni la leche caliente con castañas de Limosnera.

Ni el doctor, acostumbrado como estaba a todo tipo de tragedias, ni la modista, avezada como estaba a mil despedidas, pudieron dejar de pensar en la niña durante días. ¿Estará bien? ¿Ya habrá cruzado la frontera?

Con el dinero de Turno rozándole los dedos, Gloria supo qué haría la valiente Anita Ocampo, de aquí en adelante Cleopatra, en su situación.

—Llama a Fito, Rosita, que nos vamos a tomar una Mirinda ahí... Pago yo...

La gallega siguió con la mirada el dedo de su compañera hasta llegar a la terraza del hotel que dominaba el acantilado de la playa de La Franca.

—Tas tola..

—Sé lo que es «tola», que en Santana está Elvira la gallega y todo el día se lo llama a su cuñada... Y estoy segura, sí —hablaba con una firmeza que se fue diluyendo conforme subía las escaleras que unían la arena y aquella elegante terraza del hotel balneario. No tanto por el lugar en sí como por los que estaban allí sentados. Bajo una sombra, dos hombres con sombrero de paja se tomaban un coñac mientras fumaban un puro habano.

Gloria sabía que se llamaban así, «puros habanos», porque los había visto y olido también en la casona. Al señor se los mandaba un primo que tenía en Cuba. El hombre se lo explicó todo cuando la vio con la caja en la mano. Ella solo quería limpiar el polvo, pero aguantó la charla porque tampoco podía hacer otra cosa. Y eso que sabía que después se llevaría bronca de su madre por tardar tanto en la biblioteca. «Si es que no sé para qué te mando allí entre tantos libros, como si en esos libros te enseñaran cosas importantes. No sirves para nada, ni para limpiar», apuntaban los reproches que Gloria intentaba no escuchar. Le daba igual lo que le dijera Severina. A ella le encantaba moverse entre todos aquellos volúmenes, piedras, mapas y esculturas de civilizaciones lejanas. Y más si todo iba acompañado de alguna de las historias del señor Acebo, que se pasaba en el cuarto la mayor parte del tiempo.

—Mi primo se llama Gerardo, es alto, desgarbado y siempre lleva una pistola cargada en la espalda. Tiene una oficina de importaciones en la calle Mercaderes de La Habana, justo frente a la Compañía Armera de Cuba, que, como dice él, le sirve para tener munición cerca. Aunque, bueno, últimamente la munición me parece que se la llevan otras... —divagaba el hombre, para añadir—: Es una oficina en un primer piso, si abres la ventana, te entra todo el sonido de la ciudad y un calor que es como un puñetazo en la cara de humedad y olores desconocidos, exóticos...

—¿Y en Cuba hay mar como el de su caracola, señor Acebo? —preguntó ella rompiendo su pacto de silencio.

El hombre le revolvió el cabello con una sonrisa. «Sí que hay», apuntó mientras de una de sus estanterías sacaba un libro gigante, el más grande de la biblioteca, lo abría en el suelo por una de sus primeras páginas y la invitaba a arrodillarse a su lado: «Es justo aquí, ¿ves? El Mar Caribe».

Gloria miró el plano y después la caja de puros habanos que tenía en la mano y que había iniciado la conversación. La acercó a su nariz. El aroma le era desconocido, nada que ver con el tabaco que fumaban los mineros en Casa Cuco y que más de una vez los guajes de Santana les habían robado para fumarlo a escondidas tras los restos de lo que un día había sido la iglesia del pueblo.

Pero de todo lo que le dijo ese día el señor, antes de que su madre les interrumpiera para sacarla de allí y pedirle perdón al hombre porque «ya le tengo dicho que si usted está aquí que le deje solo y no moleste», Gloria se quedó con una palabra: «Exótico».

Quince años después, en la terraza de un lujoso hotel en su viaje de huida hacia la Rue du Marché au Charbon, fuera lo que fuese eso, supo que tenía que usarla.

—Este lugar es muy exótico... —señaló con soltura. Eso debía de ser la valentía, el sentirse segura de una misma.

Le apetecía sonreír, pero aún no se atrevía a hacerlo delante de la gente, así que giró su cara hacia la puerta del hotel. Y ahí estaba ella. En la mesa más lejana a la barandilla una mujer se quitaba las gafas de sol antes de levantarse para caminar con paso firme hacia donde ellos se encontraban. Rosita y Fito ya se habían sentado después de dudar un par de veces y asistían embelesados a un encuentro del que no entendían nada entre dos mujeres a las que no conocían de casi nada.

—No puedo creer lo que ven mis ojos... —dijo la que avanzaba hacia ellos con una alegría genuina.

Gloria sí que no daba crédito a la visión. Ante ella, tan alta como recordaba, con el pelo mucho más corto de lo que había visto nunca a una mujer de Santana y una sonrisa que no dejaba lugar a dudas, estaba Libertad Roca, Liber.

Había sido la chica más valiente que Gloria había conocido en su vida, que hasta aquel momento exacto había transcurrido básicamente en Santana. La fama que precedía a la persona que tenía delante hacía honor a su sugerente nombre...

¿Cómo era posible que estuviera allí y que, de repente, como de la nada, la abrazara con la misma intensidad de siempre? Hacía más de diez años que se había ido del pueblo. Se hablaba de que había ido a Madrid a estudiar secretariado pero que la habían visto de puta en la calle Carretas, apenas sin ropa y con el pelo cortísimo, como si fuera un hombre.

Volvió a Santana tan solo una vez, al entierro de su madre. Y no intercambió conversación con nadie, a excepción del hombre que la acompañó sin soltarle la mano y Pilar, la modista, con la que habló un buen rato, en una conversación de la que nadie pudo dar cuenta, en la puerta el cementerio. Liber vestía ese día de riguroso luto y lucía unas gafas de sol que la hacían parecer Jacqueline Kennedy. En Santana no se habló de otra cosa. Llegó a la iglesia de El Entrego en un coche acompañada de aquel joven rubio, desgarbado, que no se separaba de ella y que tampoco se quitó en ningún momento las gafas de sol. En el lavadero se habló de que el chico tenía pinta de extranjero. Y los rumores de que era una fulana, «pero de lujo, que atienden a los clientes en los pisos», se extendieron por la zona sin ningún tipo de prueba.

—Pero bueno, pero bueno... ¡qué están viendo mis ojos! ¡La mayor de las Montes! —volvió a repetir Libertad ya con Gloria entre sus brazos.

Toda la terraza, incluidos los dos hombres con el puro habano en la boca, se giró a mirarlas.

—¿Liber? —acertó a decir la joven antes de recibir un guiño por toda respuesta.

—La misma que viste y calza... —La mujer miró a los dos acompañantes de su conocida y refiriéndose a ellos preguntó—: ¿Y estos son de fiar?

Gloria fue sincera.

—No sabría qué decite..., la verdad. Conocémonos de... desde El Berrón que me subí a la camioneta.

—Camino de Bruselas, no me digas más...

Entonces, ante la mirada atónita de los dos chavales, la Roca se sentó en su mesa, se acomodó en el sillón de mimbre, alzó la mano para llamar al camarero con firmeza y comenzó un tercer grado sin miramientos:

—¿De qué huis vosotros? —preguntó sin rodeos. Todos miraron a su alrededor—. Todos marchamos por algo, ¿qué es lo vuestro?

A Fito le salió una carcajada. La gallega primero no dijo nada y al cabo de cinco segundos preguntó:

—¿Y tú quién eres?

—Uy ese acento gallego inconfundible.

No hacía falta que Rosa contara nada de qué era lo que la llevaba de su Galicia natal a recorrer mundo. Su historia, y Liber lo sabía porque había conocido muchas, era la de miles de jóvenes gallegas abocadas a la emigración. Su vida era particular y a la vez universal.

Hacía cinco meses que sus viejos habían emigrado a Argentina, con sus dos hermanos varones. A ella no hubo manera de convencerla. Ni siquiera el dolor de saber que podía ser una despedida definitiva de su familia la impulsó a cruzar el charco con ellos. Al final tuvo que irse, claro, porque era la única salida válida para poder tener una vida digna, pero se quedó «más cerca». En Bruselas. Los emigrantes de Europa al menos volvían de vez en cuando al pueblo a pasar el verano..., pensaba ella. Los que se iban a América..., a esos, a la mayoría, no los volvías a ver en la vida.

En Bélgica Rosita tenía una hermana que llevaba ya lo menos diez años y que estaba casada con un asturiano, mecánico y gran bailarín. La mujer trabajaba limpiando en un teatro y la llegada de Rosita era muy esperada, tenía que sustituirla en el puesto ya que estaba a punto de dar a luz al cuarto niño del matrimonio. Así por lo menos el sueldo se quedaba en casa.

Rosita no parecía muy convencida de los planes que le ponía por delante la vida para el futuro más inmediato. Sin que nadie le preguntara confesó que en realidad no quería ir a casa de su hermana, no quería ir a ningún lado. Ella quería quedarse en su pueblo. La tristeza afloró en el rostro de la joven, Gloria se dio cuenta en ese instante de que la capa de dureza que parecía tener la gallega era, en realidad, pena y quizás miedo.

—¿Y tú? —preguntó Liber, tras un silencio, al otro joven que no había abierto la boca y que comenzó a responder con desparpajo.

—Se creen que me voy a Bélgica, pero en realidad yo me voy para París... ¡A París de la Francia! ¡Quiero bailar! Y allí se baila, mucho... Mi madre dice que por qué no voy a su pueblo, que es de Hervás... Pero chicas, yo... Necesito otra cosa. Necesito bailar. En París se baila mucho, eso dice una prima que vive allí porque... —bajó la voz y la cabeza y obligó a las tres mujeres a acercarse a escuchar—... anda con un comunista de esos de renombre, que ni se casó ni nada, todo muy pecaminoso. Él es unos años mayor que ella. Dice mi madre que lo menos veinte. Total, que tuvieron que salir por patas de El Entrego. Unos dicen que por política, otros que por los cuernos que pusieron ambos dos a sus respectivos esposos, porque estaban casados, pero con otras personas. ¿Lo entendéis?... Pues eso. Que yo también me voy por patas antes de que me mate alguno... pero de amor... —para acabar soltó una carcajada y puso los ojos en blanco.

Las confesiones, todas juntas, de Fito pusieron en alerta a las dos jóvenes que la acompañaban y que lo miraron con renovado interés.

—Pero esta camioneta va a Bruselas y no pasa por París... ¿Cómo va a hacer? —preguntó la mujer sin darle la más mínima importancia a lo que había dicho el chaval.

—Ya veré... Con llegar a un sitio donde no me inflen a hostias todos los días ya me doy por satisfecho. Y digo yo que habrá trenes, o algo, que yo he visto películas y revistas... Todos los caminos conducen a París, ¿no es así?

—Lo cierto es que es a Roma... —apuntó Gloria.

—¿Y en Roma habrá cabarets?

Las tres se rieron al ver que Fito acompañaba la pregunta de un movimiento de brazos que bien podría haber hecho cualquier vedette principal.

—¿Y tú qué? ¿Una chica Montes aventurera? Eso sí que es raro... —inquirió finalmente Libertad Roca a su vecina, a la que miraba con cariño y curiosidad.

Gloria no sabía ni por dónde empezar a contarle. No podía. Ni siquiera tenía muy claro qué era lo que había pasado en el último mes de su vida.

Había escapado de casa embarazada de un feto que ni siquiera llegó a salir de su pueblo, estuvo cuidada todo este tiempo en casa de Pilar, la modista, que mantenía un idilio tan secreto como fogoso con el beato doctor Saturno Vieira, el médico de la compañía de minas y del que hasta ese momento habría dicho que era una persona gris, sin un matiz que lo defina. Pero que en realidad parecía todo un personaje de novela romántica. ¿Quién lo iba a decir? Ya está. Empezaría por ahí...

—Pilar, la modista...

—¡Cómo se entere ella de que arrancas así una conversación con unos extraños te mata! —interrumpió Liber.

—Bueno, a ver, yo extraño no soy, que conste. De hecho, estoy aquí gracias a Pilar..., que fue la que me ayudó.

La joven Montes estaba entre sorprendida por las palabras de Fito y asustada porque, efectivamente, había estado a punto de confesar públicamente quién era la mujer que le había conseguido un pasaporte falso, un permiso amañado para viajar y un lugar donde vivir en Bruselas, en la Rue du Marché au Charbon, para huir del desprecio de su familia. Por no hablar del cuidado impecable que le había dado durante la estancia en su casa.

Como si su antigua vecina supiera leerle el pensamiento, le dijo:

—Ya sé dónde te manda la modista, no hace falta que te pongas nerviosa. Te vas al Bar Nalón, como fuimos todas, yo la primera...

—¿Tú?

—¿No lo sabías? Pues sí. Allí me fui con una carta en la que Pilar aseguraba que yo era su ahijada y que me mandaba a Bruselas para echarles una mano en el bar. Una vez allí me di cuenta de que yo no era la primera que aparecía en la Rue du Marché au Charbon con el título de «ahijada» bajo el brazo. Supongo que tampoco fui la última. Yo me fui hace... Casi once años... ¡Dios mío! ¿Once años ya? Es tremendo el paso del tiempo... —La mujer se quedó en silencio mirando al mar durante unos segundos, como si estuviera echando las cuentas. Después se recompuso y continuó—: En el Bar Nalón no sé si aprenderás francés, pero ya te digo yo que en dos días sabrás todos los cagamentos del mundo de boca de Solange... Smerlap! Klutsac! Que ni siquiera son en francés.

Y es que, aunque la dueña del sitio era más belga que el Manneken Pis, en el local lo único que se hablaba era castellano o más bien asturiano y gallego, un poco de italiano y brusseleir. Nada de francés. Pocos de los miles de asturianos que llegaron a la capital belga en aquellos años para buscar trabajo en las minas dejaron de pasar por el local a presentar sus respetos a la chigrera, dueña de aquellas blasfemias que nadie entendía y que además era viuda de Dionisio Fernández Abella.

El paisano, un minero que huyó a Bélgica para escapar de la cárcel tras la guerra, había llegado al pequeño restaurante en el centro de la ciudad, regentado por un tal Jacques Voiry, porque le habían dicho que allí iban los capataces a buscar hombres para llevarlos a trabajar a las minas, a Bois du Cazier... Así que se presentó en el local a ver si tenía suerte. Era un sitio en el que, según le habían comentado en la pensión que ya no podía pagar, nadie le iba a poner pegas por carecer de permiso o porque su fama de «problemático» en el pozu le precediera. Nadie sabía su historia y, en realidad, a nadie le interesaba ni lo más mínimo. Había tajo de sobra hasta para los desheredados.

Al chaval le venía bien esa ausencia de escrúpulos de los capataces belgas porque no tenía lo primero, la autorización para estar allí, y lo segundo, lo de su reputación, le había causado tantos problemas en España que ni siquiera podía pensar en regresar.

Por encima de todo ello se estaba imponiendo un tercer problema, necesitaba el trabajo para pagar la pensión y para comer. Entró en el bar decidido a empuñar de nuevo un pico o un martillo como le habían enseñado a hacer los viejos en el Pozu Sotón desde que tenía uso de razón. Pero lo que se encontró fueron unos ojos azules de los que ya nunca más salió.

Se enamoró perdidamente aquella misma mañana de la hija del dueño del bar, una joven pelirroja y resolutiva que mantenía a raya a toda la clientela minera, la mayoría en ese momento formada por italianos. Se movía como una gacela entre las sillas y si alguno osaba tocarla lo sacaba a patadas del bar sin problemas. Monsieur Voiry sabía que había criado a una mujer de armas tomar y no mediaba en ninguno de los incidentes. Cuando la joven encaró a Dioni le espetó:

—Ma cosa guardi?

Y él supo que no iba a bajar a una mina nunca más en su vida. A los dos días de entrar en el local ya había embelesado a toda la familia Voiry y dormía en un colchón bajo la escalera, además de ayudar en el almacén y ponerse tras la barra, que no se le daba nada mal. A los tres meses estaba casado con la primogénita de ojos azules e imponente presencia. Cuando murió su suegro, un par de años después, colocó una foto del paisano en la pared principal y un gran cartel en la fachada que ponía «Bar Nalón».

Entre la clientela fueron desapareciendo poco a poco los Luiggi y los Giuseppe y el bar se llenó de españoles, concretamente de asturianos o gallegos que ahogaban sus penas en vino, cerveza y canciones patrióticas. Dionisio disfrutó mucho de aquellas sesiones de nostalgia que acababan demasiadas veces siendo mañanas de llantos y melancolía. Un día, acompañando a un paisano que no se tenía en pie hasta su casa para que durmiera la mona, murió atropellado por un tranvía.

Para entonces había ayudado ya a tantísima gente, que su trágica y prematura muerte lo convirtió en una leyenda. «En lo de Dionisio te ayudan», se les decía a todos los jóvenes que llegaban a Bruselas y que no traían consigo un contrato o un permiso de trabajo, que eran muchos.

Y aunque se decía así, «lo de Dionisio», incluso después de muerto, en realidad debería ser «lo de Solange», porque era la pelirroja de ojos azules la que tiraba de contactos para mandar a los chavales a las minas, lo hacía incluso antes de morir su marido. En realidad, siempre había sido ella. «Estuve casada con un astugiano dugante 10 años, no se me gesiste ningún hombre», repetía Solange antes de reírse a carcajada limpia de su propia ocurrencia.

Liber se lo había escuchado muchísimas veces durante su estancia allí. También a ella le dio nostalgia de la nostalgia de aquel bar que parecía estancado en el mismo día del mismo año en el que todos buscaban una España ya demasiado lejana.

—¿Pero tú te quieres ir a Bruselas? —le preguntó a Gloria casi sin saber por qué lo hacía.

—No sé lo que quiero. Me dejé aconsejar por Pilar, ella también dice en una carta que llevo aquí guardada que es mi madrina.

Un camarero interrumpió la frase para tomar nota de las consumiciones: «Tres Mirindas y lo de siempre, Manuel, muchas gracias y apúntelo a mi habitación», dijo la Roca que agradeció el paréntesis que había marcado el hombre y suspiró. Cruzó su mirada con la de la joven Montes que había hecho un esfuerzo enorme para no bajar sus ojos al suelo. Se lo notó. Estaba claro que las circunstancias de esa niña a la que conocía desde que nació, y nunca imaginó encontrarse allí, eran duras y no quería compartirlas. No al menos de momento. ¿Por qué iba Gloria a dejar atrás todo lo que hasta ahora conocía? ¿Y hacerlo además con la ayuda de la modista a la que precedía una fama política en las antípodas de la familia Montes? A la guaja le pasaba algo. Como le ocurrió a ella cuando, hacía ya casi once años, cogió exactamente la misma vía de escape.

La cara de Gloria expresaba algo más que nadie alcanzaba a descifrar, como una pena inexplicable que no era natural en ella. Liber lo sabía. La había visto crecer, había sido una de esas nenas más pequeñas que ella de Santana que la seguían a todos lados para escalar muros o bajar al río sin miedo a mojar los bajos del vestido. Siempre le había caído bien. Era lista y valiente. Pero a la vez le provocaba instinto protector. Tal vez porque sabía perfectamente de qué calaña era Avelino Montes, un alcohólico cobarde que tenía atemorizada a su familia y al que nadie en todo el valle respetaba, ni siquiera los guajes. Criarse en esa casa y tener un mínimo de curiosidad por la vida debía de ser un infierno.

De nuevo, la mujer rompió el silencio y cambiando de tono explicó:

—¿Sabéis qué es lo más gracioso de todo esto? Que cuando yo me fui a Bruselas en, intuyo, la misma camioneta en la que viajáis vosotros hace más de diez años, también el chófer se paró aquí en La Franca, y también pasamos aquí unas horas. Me da la sensación de que debe de tener algún interés oculto en esta zona...

—¿Paraste aquí? —preguntó Gloria, que agradeció el giro de la conversación.

—Sí, pero yo no me atreví a bajar a la playa ni mucho menos subir a la terraza de este hotel de lujo, tampoco tenía dinero y era enero... Hacía un frío espantoso y pensaba que el camionero se iba a ir sin mí...

Esta apreciación hizo a Fito mirar el reloj asustado. El camarero trajo, por fin, los tres refrescos y el Dry Martini. Iban a beber, pero Liber levantó la copa.

—¡Por ti, Gloria Montes! —apuntó la mujer, y antes de darle un sorbo añadió—: ¡Por que no pasen once años antes de volver a vernos!

—En realidad hace menos que nos vimos... Yo te vi en el entierro de tu madre.

El siguiente rato discurrió entre las historias de Libertad sobre cómo conoció al rubio desgarbado que la acompañó aquel día al funeral provocando cuchicheos en Santana. El chaval era su marido y el «culpable» de que ella justo ese día estuviera ahí, en La Franca. El chico que parecía extranjero y que no la dejó ni a sol ni a sombra durante aquellas horas, era medio madrileño, medio asturiano. Su familia materna procedía precisamente del Valle Oscuru, un conjunto de pueblos a pocos kilómetros de la playa en la que estaban. Y allí había pasado sus primeros veranos. Pero en realidad él se había criado en Madrid, donde estudió derecho para contentar a su madre y acabó escribiendo sobre sucesos en el diario Pueblo para disgusto de su padre, suscriptor eterno del ABC.

El nombre del rubio era Eduardo Gallardo Riestra. Y conoció a Liber porque una noche, en la redacción del periódico, ante la falta de voluntarios en la sección de cultura para acompañar a Juanito Valderrama en su gira por los centros españoles de Europa, fue el elegido por el director para tal fin.

—¡Joder, Romero, si yo solo sé hablar de juicios!... ¿Qué coño voy a hacer con Valderrama en Bélgica?

—Tú sabes hablar de lo que yo te diga... A Valderrama lo dejas quieto y no es solo Bélgica, también Alemania y Francia.

—¡Si es que además yo soy de Nat King Cole! —insistía el joven periodista.

—Tú eres de quien yo te diga, Eduardito. Te vas a Frankfurt, París y después a Bruselas. Y quiero una crónica al día. No me toques más los cojones. Además, está bien que te vayas fuera un tiempo, que me tienes muy revuelto el patio y tengo a los de la Dirección General de Seguridad muy moscas contigo... Que a ver si dejamos ya de andar preguntando cosas de palizas y torturas... Porque en una de estas va y la hostia te cae a ti. ¿Me explico?

Se explicó tan bien que Eduardo hizo aquella misma noche la maleta para seguir en su periplo europeo al cantante de Jaén, que había sido contratado para contentar a los compatriotas emigrados por el continente. Miles de españoles lo esperaban para «sentirse un poco más cerca de casa, es lo que han conseguido las 980 personas que ayer abarrotaron la Sala Odeón de Frankfurt y que no pudieron más que llorar cuando el artista entonó los primeros versos de su popular canción "El Emigrante", que dicen "Tengo que hacer un rosario, / con tus dientes de marfil, / para que puedas besarlo, / cuando esté lejos de ti..."». Con esta frase arrancaba el primer artículo que mandó Gallardo desde Alemania.

Aquel «encargo envenenado» que el director le hizo trajo consigo varias cosas buenas. Por un lado, fue el salto definitivo del plumilla de los sucesos a la crónica cultural, algo que llevaba años reclamando. Por otro, encontró en Valderrama a un gran hombre que una tarde le confesó: «La canción se iba a llamar "El Exiliado", pero entre eso y lo del batallón de la CNT en el que estuve cundo la guerra, creo que me habrían fusilado». Y es que además en ese viaje por Europa conoció a Libertad. «No, si al final le tuve que dar las gracias al cabrón de Romero», bromeó toda la vida.

A la joven Roca se la encontró una noche de farra en el Bar Nalón, en el centro de la capital belga. Ya había dado el reloj las tres de la mañana y el ambiente seguía caldeado, dos conciertos del cantante andaluz habían llenado los pechos de los españoles emigrantes y parecía que nadie tenía casa. Mientras limpiaba vasos, Libertad los escuchó cantar y quejarse, llorar y celebrar como si no fuera jueves y no hubiera que madrugar al día siguiente para ir a trabajar.

El Nalón tenía, influenciado sin duda por la presencia de su dueña, una parte importante de parroquianas mujeres. Pero ellas, casi todas, se habían marchado ya, porque trabajaban en las casas de internas y tenían mucho más controlado el horario (de hecho, por semana, casi ni se las veía). Los conciertos de Valderrama habían sido una excepción. Así que allí estaban Solange y ella, rodeadas de hombres borrachos, cuando por la puerta entró un grupo de tres chavales. Bien se veía, o más bien se oía, que eran españoles, al menos dos de ellos. Su aspecto nada tenía que ver con los hombres que normalmente llegaban a esas horas a aquel lugar. Entraban riendo. Uno de ellos llevaba una cámara de fotos en la mano. Lo primero que le escucharon a Solange fue decir: «¿Pegiodistas aquí? Rot fer doeme!».

A esas alturas, Libertad ya sabía que ese «me cago en Dios» de su jefa en brusseleir no era de enfado, sino de sorpresa real, pero también un signo de que estaba cansada y ya quería ir cerrando. La joven la miró y con un gesto le dio a entender que ella se ocuparía de los nuevos, que podía retirarse a descansar. Aunque sabía que no lo iba a hacer. Era incapaz de no estar presente mientras el bar estuviera abierto. Miró a los dos hombres morenos y después al rubio, ese parecía autóctono.

—Ça va o ça va pas? —le dijo.

—Uy... Sé que tengo pinta de guiri pero... me llamo Eduardo Gallardo y soy de... Ahora que lo pienso, sí que soy algo guiri aquí... A lo mejor yo... Señorita... Que lo que le quiero decir es que je ne parle pas francés... ¿Podría ponerme un vino? ¿Una botella «de-van»?

La joven lo interrumpió.

—Pues menos mal que yo hablo español porque si no lo iba a tomar muy mal... Y además..., ¿no será mejor un café para despejar a estas horas, señor con pinta de guiri?

Aceptó y empezaron a hablar mientras ella continuaba su labor de limpieza minuciosa de los vasos. Los otros dos periodistas se mezclaron con el resto que ya daba señas de agotamiento.

—¿Sabes qué? No he conseguido que nadie en esta ciudad me hable español a la primera. Y no tengo ni la más mínima idea de por qué en mi familia somos todos así de roxos, pero es lo que hay... Ser soy madrileño, bueno, y medio asturiano también.

Liber frenó en seco y miró para ver si su jefa había escuchado la procedencia del chaval.

—Así que otro asturianín, ¿eh? ¿Queda alguien por nuestra tierra? —replicó en voz baja.

—No, asturiano no soy, la verdad, tengo familia y buenos recuerdos de Asturias, pero soy de Madrid. Sobre lo de si queda algún asturiano allí... A veces creo que no, porque estáis en todas partes, en Berlín, en Bonn, en Lieja, aquí... Creo que he tomado sidra en al menos tres bares que se llamaban «Cangas de Onís». ¿Tú eres asturiana entonces?

—Sí, pero yo entera, no como tú que eres medio, medio... Soy de Santana, seguramente no lo conoces, es un pueblín de la cuenca minera del Nalón. Pero, claro, la gente como tú no va a esos sitios.

—¿Cómo somos la gente como yo?

—¿Los periodistas? A ninguno os interesa lo que pasa de verdad en las cuencas. A no ser que haya un accidente y mueran cuatro mineros, entonces sí. Entonces vais a ver y siempre publicáis mentiras o verdades malcontadas... Pero de lo que ocurre allí cada día, chitón... —se cayó durante un segundo y cogió aire—. Ese es el resumen. Si quieres te lo amplío con detenciones, torturas de toda índole... Y nunca nada, ni media palabra en los papeles, que bien lo sabemos aquí, no te vayas a creer que porque estamos lejos no nos enteramos...

—¡Touché!

—¿No decías que no hablabas francés?

—Los periodistas siempre mentimos.

El chico sonrió. Pero fue el toque seco que le dio a la montura de las gafas para ponerlas en su sitio lo que a ella la hizo responder:

—Pareces buen chico, acabo de decidir que no te voy a enviar a Solange a que te suelte su tradicional charla sobre que lo que se oye y se ve en Bruselas, y concretamente en el Bar Nalón de la Rue du Marché au Charbon, se queda aquí.

—Es un buen trato, para compensar mi verdad mal contada.

La conversación discurrió por los caminos que ambos quisieron. Ella acabó con la vajilla y empezó a repasar la cubertería mientras los amigos de Eduardo se iban, a rastras, para la pensión, que no estaba muy lejos. Él la ayudó a recoger las sillas. La jefa se asomó un par de veces al bar a ver cómo iba la noche y puso los ojos en blanco, tan exagerados que si alguien la hubiera visto sabría que no eran ciertos, y que aquel roxo medio asturiano le había gustado para su Liber. De repente, y aunque le daba mucha pereza ponerse a buscar una camarera, se dio cuenta que si la cosa fraguara, por lo que fuera, había algo aún mejor... Y es que la chavala se iría a Madrid y no estaban de más las casas «amigas» en la capital para lo que precisara el partido.

Solange nunca supo que esa agudeza suya para ver las oportunidades a favor de la lucha era una de las cosas que más admiraba de ella su marido, el asturiano por excelencia en su vida, del que seguía enamorada después de tanto tiempo. Nadie la había vuelto a llamar «mi cría» como él. Ni siquiera ella quería reproducirlo en voz alta porque no le sonaba igual que cuando se lo decía Dionisio, le faltaba la erre sonora y fuerte.

—¿Y tú te llamas Libertad desde siempre o es tu nombre en la clandestinidad?

—Clandestinidad, dice. Libertad desde el día que nací, prenda. ¿Y sabes cuándo fue? El 18 de julio de 1936, el día del Glorioso Alzamiento.

—Tuvo que ser interesante una infancia con ese nombre...

—A ver, se capeó como se pudo. En el pueblo donde vivíamos mi madre y yo, me llamaban Liber. En el colegio de monjas en el que me metió a ver si conseguíamos aliviar los «pecados» de mi padre, me llamaban María. Cuando lo hacían yo no me daba cuenta de que era para mí y las hermanas se mosqueaban. Acababan gritando «¡Libertad!». Eran muy cómicas...

—Pensé que eras más joven... —añadió él interesado.

—No sé si es un cumplido, pero me lo tomo como tal. Siempre ha sido así, tengo una genética que, a la vista de cómo es mi señora progenitora, heredé de mi padre, al que no conozco, ya que unos días antes de que yo naciera decidió irse a luchar a una guerra que no imaginaba perder. Él había dejado dicho lo del nombre si era niña... «Libertad Roca es nombre de luchadora», me contaron que decía. Era alto, guapo y de ojos claros, se llamaba Amaro. Sabemos que sus últimos pasos le llevaron a Barcelona, que de allí pasó a Francia por La Junquera y que terminó en el campo de concentración de Argelès-sur-Mer, o eso nos contó un vecino que aseguró haberlo visto. Hasta allí llegó su rastro. Después el silencio. A veces pienso que igual sobrevivió y nos hemos cruzado aquí en Bélgica sin conocernos. Y por eso le digo mi nombre completo a todos los españoles que conozco. Prefiero pensar que vivió, la verdad. La otra opción, según me han explicado las polacas, era un lugar llamado Mauthausen del que salieron muy pocos...

Sin parar de barrer la terraza y atender las plantas de la fachada, otra encomienda de su jefa, Liber no reparó en el embelesamiento del periodista mientras ella hablaba, y continuó:

—Las polacas me enseñan alemán y yo a ellas español mientras todas hacemos lo posible por aprender francés. Las conocí en unas clases nocturnas, a ellas y a las italianas. ¿Sabes? Quiero ser traductora... Por alguna razón que se me escapa se me da bien hablar otras lenguas... C'est la vie! ¿El italiano? Molto facile!

—Me desbordas, Libertad, no sé qué decirte. No me pasa nunca...

Ella, que se había acercado a su lado con la escoba, le dio un toque con el palo:

—Levanta los pies si no quieres que te quiten a la novia.

—Para quitar hay que tener...

—No me digas, roxín, que con esa cara no hay novia, que no te creo... —A la frase le añadió un toque en la barbilla. No pudieron explicar nunca la sacudida que les dio aquella noche cuando minutos después se rozaron. A él lo llenó de descaro.

—No tengo mucho tiempo, Libertad... En diez días me tengo que volver a Madrid y encima andaré viajando por todo el país. Yo...

No le dejó terminar. Se acercó, le quitó las gafas y le dio un beso de tres largos y hermosos segundos tras los cuales, a dos centímetros de su boca, ella añadió coqueta:

—Díez días pueden dar para mucho y este país no es tan grande.

Solange levantó el tono de lo que empezó siendo un murmullo desde la cocina y gritó:

—Rot fer doeme!

Libertad se acercó al oído del chaval para decirle:

—Aunque te parezca que no, se está cagando en el altísimo. Apago las luces y me invitas a un pitillo. Déjame solucionar esto antes de que la vieja enloquezca. Vuelvo ahora.

Por fin a solas, apoyados contra la pared de ladrillo rojo del bar, Gallardo exhaló el humo hacia el cielo.

—Nunca pensé que las ciudades de Europa fueran tan oscuras.

Ella miró para él y después para el cielo.

—Pues no viste mi pueblo...

En silencio ambos dieron varias bocanadas a sus cigarros. En el tercer cruce de miradas ella habló:

—Así que cuéntame, ¿Cómo es eso «medio asturiano»?

—Asturiano por parte de mi madre, de apellido Riestra... Del Valle Oscuru, entre la Sierra del Cuera y la Sierraplana de La Borbolla, donde posiblemente se den los mejores atardeceres del mundo... Me encantaría enseñártelos... Aunque hace mucho que no voy... Lo echo de menos, fui muy feliz allí...

Iba a seguir, pero vio a la joven despejar un escalofrío y paró para quitarse la chaqueta. Ella lo frenó.

—¿Y si me abrazas con ella puesta?...

Ninguno de los dos buscó explicación a lo que estaba pasando, era como si se conocieran desde hacía años.

Quince días más tarde de aquella noche, Eduardo volvía a Madrid desde Centroeuropa con el encargo de las crónicas solicitadas, alguna más extra y una asturiana cogida del brazo que se había convertido en su esposa de manera apresurada, gracias a la mediación del representante de Juanito Valderrama en la embajada de España en Bélgica.

—¿Me estás diciendo que Valderrama es tu padrino de bodas? —interrumpió gritando Fito, al que casi se le cae el refresco de la mano.

—No sé si será eso mucho decir... —respondió Liber.

—¿Y te casaste con un hombre al que conocías de quince días? —indagó Rosita.

—En realidad fueron diez días... Pero no nos hizo falta nada más. Y mi Gallardo es mucho Gallardo y también mucho Riestra, por cierto, de aquí cerca... En Bélgica ya había hecho lo que quería, aprender idiomas. Volver a España así me sigue pareciendo la mejor decisión de mi vida.

Hacía rato que el sol se había ido de la terraza y ya incluso del horizonte. Los chavales tenían que volver a la camioneta para continuar viaje, o eso suponían.

Gloria no se había visto capacitada para cortar el relato de una historia de amor por su tendencia natural a la fascinación, pero tras la interrupción de Fito miró la hora y se levantó. «Creo que tenemos que irnos», dijo sin mucho convencimiento. Miró para Liber y se percató del segundo exacto en el que el gesto de la mujer cambió, como si en esa milésima hubiera tomado una importante decisión.

Así era.

Súbitamente la mujer también se levantó. Se puso frente a frente, le cogió la mano y sin dudar le preguntó:

—¿Por qué no vienes con nosotros a Madrid?

Gloria miró a su antigua vecina y se dio cuenta de algo que hasta entonces le había pasado desapercibido. La que tenía delante no era Libertad Roca sin más, no. Era la Roca. La guaja más admirada por sus congéneres de Santana, y de la Calle'l Ratu en particular. Su heroína de la infancia. Siempre feliz, siempre valiente. Con una capacidad innata para hacer crecer precisamente eso, felicidad y valentía, en las demás niñas. Tenía trece años cuando lideró una sangrienta batalla contra una pandilla de nenos que se acercaron desde la barriada para amedrentarlas. Salieron escaldados. No contaban los entreguinos con que el valle del río Villar tiene demasiadas posiciones en altura desde las que controlar y repeler las incursiones de los «enemigos». Todos esos puntos estratégicos estaban tomados por Liber y su ejército de guajas que la seguían como si fuera la flautista de Hamelín. Juntas se convirtieron aquel día en una armada invencible. Al menos cuatro de los guajes «invasores» necesitaron puntos de sutura. La batalla llegó incluso a oídos de la madre superiora y en el colegio llamaron al despacho a Liber. No sería la última vez que lo hicieran ese curso. Meses después volvió a tener un encontronazo con la monja porque ella, zurda de nacimiento, se negaba a escribir con la derecha. La mujer la obligó a fregar de rodillas todo el pasillo mientras, sin mediar palabras, le sacudía con una fusta.

—Desde el mismo día que entraste en este colegio supe que me ibas a traer problemas... ¡Cómo no! La hija de un rojo masón no puede traer nada bueno a este lugar... Eres Belcebú, pero yo te voy a domar... Esa sangre que tienes está envenenada, pero yo tengo la receta para enderezarte.

No fueron los golpes de la fusta los que la hicieron llorar ese día. Ni la marca en la muñeca izquierda que la ataba a la silla. Fue la injusticia de saber que no se merecía ese trato y, lo que era aún peor, la certeza de que no podía hacer nada para impedirlo. Ni en la escuela ni en la calle soltó una sola lágrima. Pero esa misma noche al llegar a casa rompió a llorar sin consuelo delante de su madre. «No puedo respirar. Creo que no voy a poder hacerlo nunca aquí...».

Las dos se abrazaron. La madre de Liber empezó a traer a casa encargos de la modista para ayudarla en el taller, sobre todo con la plancha. Todos los vestidos que lucían después en el Casino o en los bailes de La Montera de Sama pasaban primero por casa de «la de Roca» (nadie se atrevía a añadir el «viuda de») para ser debidamente planchados. Las dos, madre e hija, emplearon muchas madrugadas sin dormir, ahorrando cada una de las pesetas que les pagaba Pilar.

Pese a la dureza de la escuela, la chavala fue sacando buenas notas y hasta recibió algún premio de redacción que, por supuesto, no le dejaron ir a recoger. Tuvo buenos momentos, como el curso que llegó al colegio una monja joven para enseñarles francés y Liber descubrió que aprender otras lenguas no solo se le daba bien, sino que además le encantaba. Antes de marcharse del colegio, la joven profesora la obsequió con lo que, hasta el momento, había sido su mejor regalo: un diccionario de francés. Cuando cumplió los dieciséis, con el permiso de su madre y la ayuda de la modista con la que tenían ya la confianza de una familia, organizaron la «huida» de Liber. Sabían que Pilar era de fiar y ayudaba a muchos de los que querían irse para Bélgica a currar, porque dos primos suyos, fichados por comunistas, y a los que en El Entrego ni les daban trabajo ni permiso para marcharse, lo habían hecho. Con la costurera, los que se iban lo hacían usando otro camino distinto al «oficial», porque si algo te enseñaba la mina es a arrastrarte como un gusano para buscar la salida.

—¿Estás segura, Liber?

—Sí, Pilar. Lo estoy... Además, quién sabe, a lo mejor lo encuentro...

La mujer, que hasta entonces permanecía concentrada en un hilván que estaba haciendo, levantó la mirada.

—¿No estarás pensando en buscar a tu padre, verdad? Él... —titubeó. Pero la joven no la dejó terminar. Cambió de tema.

—¿Crees que en Bruselas hará frío? Yo creo que sí.

Pilar aceptó la jugada.

—Frío no, friísimo. Ya me dirás a qué tienes tú que ir a Bruselas... ¿Qué vas a facer tú allí sola? ¿Ponete a servir en una casa y que no puedas ni ver la luz del sol? No lo veo, Liber, no lo veo para ti, tú te mereces algo más...

Dejó la tarea apoyada en la silla y abrió un cajón que tenía cerrado con una llave que siempre pendía de su pecho. A la vista de Liber, sacó una caja con doble fondo en la que había una lista con nombres y teléfonos. Levantó un papel.

—Solo veo una posibilidad que a ti te pueda ayudar y a mí no me cause una pena tremenda. Te vas a ir con el mi primu Dioni y la su mujer para trabajar con ellos en la fonda que tienen. Aprendes bien el francés y te sacas un dinero. A ellos les vendrá bien un par de manos como las tuyas, resueltas... Siempre les mando rapaces. Allí se ganan buenos sueldos y si no te pierdes en esa gran ciudad, cosa que no me extrañaría, podrás ahorrar. ¿A ti se te da bien trabajar de camarera?

—Necesito trabajar, aprenderé rápido...

—Les mandaré una carta, diré que eres la mi afiá y así Dioni te tomará como de su sangre... A buena parte con él.

—Prometo ejercer con honor el cargo.

A la mujer no dejaba de sorprenderle la madurez de aquella Roca. Era tan valiente...

La Libertad adulta, la que tenía delante a una guaja de Santana que parecía muy sola, no tuvo más que pensar:

—Pues ahora que no está Pilar, yo creo que lo mejor es que yo coja el papel de madrina...—sonrió.

Gloria odiaba las grandes decisiones y parecía que la vida se empeñaba en ponerlas delante de las narices. Miró a su heroína de la infancia y devolvió la sonrisa.

Le encantaría escribir una larga carta a sus hermanas y a sus amigas para explicarles que no, que Libertad no se había ido de la cuenca minera para trabajar de puta, como muchos decían y la monja auguraba. Se había ido porque sentía que su vida tenía que hacer honor a su nombre y no estar supeditada a la marca indeleble de ser la hija de un rojo que había desaparecido de la faz de la tierra y de una mujer humilde que nunca tuvo la suficiente valentía como para marchar de allí. Y no solo eso, además estaba guapísima con el pelo corto y se hospedaba en hoteles de lujo como las estrellas de Hollywood.

Con el mundo parado a su alrededor y Libertad mirándola, recordó la primera vez que había cruzado el lavadero de Santana dando saltos entre las pilas sin tocar el suelo, como hacían todos los demás niños. Ella no se atrevía. Liber le dio confianza: «No mires a los lados, mira solo al frente, rápido, corre, venga, tú puedes. ¡Vamos a ello! Un paso adelante, un paso adelante, una pila, la otra, la otra...», le gritó. Siempre animaba a las guajas pequeñas a ser valientes. Y lo conseguía la mayoría de las ocasiones. Gloria cruzó el lavadero enterito, sin mirar a los lados y casi sin respirar, adelantando cada pierna más de un metro para tocar la otra pilastra, y la otra, y la otra y así durante ocho. La adrenalina le azotó el cuerpo. Desde ese día y hasta que una pala tiró el edificio que, por otro lado, estaba a punto de caerse a pedazos, cada vez que pasaba por allí pensaba en todas las veces que había sido valiente para cruzar ese lavadero gracias a Liber. Y decía para sus adentros «¡Vamos a ello! Un paso adelante y otro, y otro, y otro...».

En la terraza del hotel balneario de La Franca, hasta lo dijo en voz alta.

—Un paso adelante...

—¿Qué?

—Que sí... Que me voy contigo... Con vosotros. Sé coser un poco, cocinar normal, limpiar bien y odio planchar, pero si tengo que hacerlo, lo hago... —explicó de corrido Gloria mientras recibía el abrazo cariñoso de Liber, que aún estaba asimilando lo que acababa de hacer. Rescatar de una camioneta de ganado a una de las guajas a las que había enseñado a jugar y a la que no veía desde hacía años. Ni siquiera cuando volvió al pueblo al entierro de su madre se daba cuenta de haberla visto entre la multitud. Claro que ese día no habló con nadie salvo con la modista y el cura.

Para la Roca, el encuentro con la joven Montes había resultado una epifanía. Como si llevándosela consigo a Madrid se estuviera salvando un poco, en realidad, a sí misma. Con los años se había dado cuenta de que mucho de lo que era lo había conseguido gracias al lugar en el que nació y se crio, que le enseñó la peor crueldad pero también la más tierna de las lealtades. A su madre y a ella nunca les faltó lo básico, gracias a camaradas del Partido que las ayudaban. Algún dinero venía de fuera. De México, de Buenos Aires, de Caracas, de París... Pero cuando se fue, sentía que lo malo de aquella tierra suya era demasiado y la ahogaba. Por eso quiso olvidarlo y aunque no llegó a renegar, tampoco se atrevió a volver a Santana, porque allí ya solo le quedaban fantasmas. Y sin embargo, aquella bendita cuenca no salía de ella, ni tampoco el Partido Comunista que la tenía fichada como traductora. No tenía estatus de camarada, pero sí de colaboradora. Eso les bastaba a las partes...

—¿De verdad? ¡Qué alegría! Voy a hablar con Eduardo, no se lo va a creer. Va a estar encantado, ya verás... —apuntó antes de marcharse. De la que se alejaba, se dio la vuelta y miró a los chavales: «Y a vosotros dos, mucha suerte... Que nadie os diga lo que tenéis que hacer». Gloria, a ti vengo a buscarte ahora. ¡Qué alegría!

Rosita y Fito se miraron perplejos, lo que estaba pasando delante de sus ojos era verdad. Iban a perder a su acompañante sin haber tenido tiempo siquiera a afianzar su amistad.

—¿En serio te vas a quedar aquí con ella? Pero si no la conoces de nada... ¡Tas tola! —repitió la gallega.

Como respuesta metió la mano en la faltriquera y sacó dos fajos de billetes, eran francos belgas y francos franceses.

—Tomad, repartirlos entre los dos a partes iguales, Fito...
Y tú, Rosita, toma... —Le tendió un papel—. Es la dirección
del Bar Nalón, vete ahí si no quieres ir a cuidar guajes donde
la tu hermana, dile a Solange... Bueno, todo esto, que te manda Pilar la modista, pero que no eres yo, que eres tú... Bueno,
ya sabes, ¿no? Yo me quedo, Rosita, no me voy a Bruselas. No
tengo nada que hacer allí, tampoco en Madrid, pero... No sé,
no sé lo que hago pero necesito hacerlo... ¿Me entiendes? No
soportaba la idea de irme del todo de Santana y con ella, con
Liber, es como si me quedara algo.

La joven era incapaz de asimilar todo lo que estaba ocu-
rriendo y lo que le estaba contando su compañera en la terraza de un hotel de lujo donde los hombres fumaban puros
habanos y las Mirindas se servían con posavasos de tela.

—¿Crees que Juanito Valderrama volverá al Bar Nalón?
—fue todo lo que preguntó Rosita cuando entendió que
aquello era una despedida.

—Puede ser...

Ambas se fundieron en un abrazo y se rieron entre ner-
viosas y expectantes. Fito, que había repartido en dos montones iguales los dineros que acababa de recibir de regalo,
tendió su parte del dinero a Rosita y abrazó a la Montes
durante mucho más tiempo de lo que se le suponía a una
amistad que apenas tenía unas horas. Nadie escuchó lo que
él le dijo al oído:

—Yo sé tu secreto, te encontré llena de sangre en la
Cabaña de Pedro Cancio y te llevé a casa de Pilar... Ahora
es de ley que tú sepas un secreto mío: ese día no estaba hu-
yendo de la guardia civil como seguro escuchaste. Estaba
allí con un hombre... Me voy a París para que no me maten
por quererlo con todo mi corazón.

Y tras acabar, con Gloria sin aliento, echó a correr hacia la playa.

—¿Qué te dijo ese elemento? —preguntó la gallega al ver a Gloria aturdida.

—Nada, nada... —respondió y cogió a su compañera de las manos—. Te escribiré a la Rue du Marché au Charbon, si decides ir con tu hermana, también podrás acercarte a buscar las cartas, seguro que las guardan, no se te olvide...

—¿De verdad te vas a quedar con ella? —volvió a preguntar.

—No tengo nada que perder.

—Nunca conocí a una persona como tú, Cleopatra.

Un camarero joven se acercó por la espalda a Gloria que, sola frente al mar violáceo, intentaba comprender el paso adelante que acababa de dar y cómo se lo explicaría a... En realidad no tenía a nadie a quien dar explicaciones, tal vez, y si acaso, a la modista, que había gastado varios favores y unos cuantos francos en embarcarla a un lugar al que no iba a llegar nunca.

—Señorita, la están esperando en recepción —le dijo el chiquillo que se ofreció a cogerle la maleta. Ella rehusó y cambió el bulto de la mano derecha a la izquierda para secar la palma del sudor nervioso que la atenazaba. A lo lejos ya veía la figura de Libertad con el hombre rubio y desgarbado del funeral de su madre, el que parecía extranjero y no lo era. Tendría que saludarlo y no demostrar que estaba muerta de miedo, volvió a secar con disimulo la palma sobre su falda. Pero al llegar, Eduardo Gallardo le plantó dos cariñosos besos.

—Ya me ha contado Liber que te vienes con nosotros a Madrid y que tengo ahijada nueva. ¿Así que otra carbonera de Santana, eh? Ese espacio cuasi mítico que es la cuenca minera. Vas a tener que contarme muchas cosas, tal vez le pille el tranquillo a tu amiga si conozco un poco mejor esas minas...

—Ay, mira, Eduardín, no te pongas Gallardo que te conozco. Y déjame hablar con ella, no me la asustes.

El hombre iba a decir algo pero el camarero le interrumpió con una copa que acababa de pedir.

—¿Sabes escribir a máquina? —preguntó tras sorber el primer trago.

—Un poco... ¿Por qué?

El chaval se había girado y no le respondió, no al menos de momento, así que Gloria tuvo tiempo para recordar que lo poco que sabía de mecanografía lo había aprendido en casa de los Acebo. Allí llegó la primera máquina de escribir el día de Reyes de 1959, lo recordaba perfectamente porque ella, que había pedido una muñeca, recibió una caja de naranjas mientras que la señorita Acebo, que había pedido una guitarra, tuvo de regalo una flamante Hispano Olivetti Studio 46 para la que apenas miró. Las dos tenían ese día la misma cara de decepción.

Un día la chica la vio embelesada limpiando la máquina y le dijo:

—Si te gusta es toda tuya, te la regalo.

—Mi ma no me deja llevar nada de la casona... —respondió la pequeña.

La joven moduló su tono y su voz sonó más suave.

—Vale, pues no te la lleves, pero puedes escribir todo lo que quieras en ella. Mira, va así...

La primera palabra que mecanografió la primogénita de los Montes fue «Gloria», la segunda «miércoles», para probar el acento, y la tercera «abril», su mes favorito. Según fueron pasando los días, y viendo que el folio de la máquina no se había movido desde su última incursión, se atrevió con frases enteras y finalmente escribió un cuento de cinco líneas que tituló «Los pies del ciempiés». No se lo enseñó a nadie.

El papel en el que estaba escrita la fábula se quemó con los libros de Luisa María Linares que su padre calcinó en el patio, y que, por cierto, también eran de la casona. Si pensaba en aquellos breves minutos que cada tarde usaba en golpear las teclas sin pasarse, no fuera a oírlo su madre —suerte que la casa era grande—, podría llegar a afirmar que le encantaba mecanografiar, porque al concentrarse en las teclas se le olvidaba el mundo y entraba en otros lugares que se hacían realidad cuando las letras negras tocaban el papel amarillento. Lo mismo que cuando leía, pero con un poder aún mayor, porque al escribirlo se convertía en una diosa todopoderosa que manejaba los hilos del destino.

—Sé mecanografiar un poco, ¿por qué? —volvió a preguntarle al chaval, pero contestó Liber.

—No sé qué quiere el señor Gallardo, pero ya te digo que para empezar el encargo lo hago yo. Y con un poco de conocimiento sirve. Lo mejor para aprender en este caso, como en casi todo en la vida, es practicarlo, y en casa tendrás tiempo... Así que todo perfecto. Mírame a mí, que era incapaz de coger un coche y ahora lo traigo conduciendo sola desde Madrid.

Gallardo miró contemplativo a la copa y asintió:

—Y yo tengo la choferesa más guapa de España. Y la más lista.

—No seas adulador, Eduardín, que desde que te han ascendido en el periódico no hay dios quien te aguante.

—Eso es verdad.

Los tres se sentaron a cenar. Gloria apenas probó un bocado, los miraba mientras conversaban y hasta se sentía un poco incómoda cuando discutían. No estaba acostumbrada a estar delante de este tipo de conversaciones banales. Ella prefería mirar y escuchar cuando estaba de rodillas en el suelo de la biblioteca junto a una estantería repleta de libros que había que limpiar con mimo y un paño de lino. Nadie parecía verla. Hablaban como si no existiera.

Así se enteró de muchas cosas, como, por ejemplo, de que a pesar de que la familia Acebo tuviera muchísimo dinero, todo el que parecía anhelar el resto del pueblo, también sufrían por cosas banales, por amores no correspondidos o por que los Reyes Magos no les traían lo que les habían pedido.

Ahora no estaba sentada en el suelo, si no en un hotel de lujo con dos personas a las que no conocía prácticamente de nada y pese a la extrañeza del momento se sentía a gusto. También había amores correspondidos, al parecer.

Era una sensación rara, desconocida para ella, lo que sentía en sus entrañas. ¿Era gratitud? Sí, algo así. Muy parecido a lo que había vivido con Pilar y Turno. Pero no era solo eso, había algo más.

No tardó en descubrir lo que era. Lo que sentía era la libertad, y no solo porque frente a ella estuviera sentada una antigua vecina con un nombre que costaba pronunciar en voz alta. No. Era la libertad propia, la de no tener que actuar de una manera u otra dependiendo de a quién tuviera delante. Si eran sus padres, sumisa; si eran sus hermanas, valiente; si era la familia Acebo, humilde; si eran los otros guajes, salvaje; si eran las maestras de las escuelas nacionales de El Entrego a donde las habían mandado mientras se construía el nuevo colegio de Santana, diligente; si era, en concreto, la maestra doña Estrella, lista para que no la riñera... Difícil saber cuál de ellas era la verdadera Gloria. Tal vez lo eran todas y solo había que saber combinarlas.

Durante la cena, la joven Montes se enteró de alguna cosa más de su nueva y extravagante familia. Por ejemplo, de que Eduardo Gallardo había sido enviado por el periódico a aquel trozo de costa asturiana tras las huellas de un grupo de escritores españoles y latinoamericanos, todos jóvenes promesas de la literatura, que llevaban varios días por la zona invitados por un tipo residente en México de apellido ilustre, Noriega, y fortuna abundante. Un indiano. Gallardo, además de redactor estrella de la sección de cultura de su periódico, era el «elegido» para escribir los reportajes porque conocía la zona, ya que era la tierra de origen de su madre y en ella había pasado los largos veranos de su infancia y adolescencia, las vacaciones de Semana Santa, las navidades...

Una herencia mal repartida (o eso se creía) y la bronca familiar posterior le dejó sin casa en esa esquina de Asturias de la noche a la mañana. Pidió explicaciones a sus padres en muchas ocasiones y con distintos talantes. Y ellos nunca quisieron hablar. Su padre se hacía el despistado y su madre solo repetía: «Hay cosas que es mejor no saber».

Ante la falta de respuestas paternales, Eduardo indagó por su cuenta. Escribió y recibió cartas en casa de un amigo que se las guardaba y pagó telegramas con sus exiguos ahorros. La de su propia estirpe fue la primera investigación periodística del joven Gallardo Riestra.

Durante meses llevó adelante las pesquisas sin ser descubierto. Pero se delató él mismo cuando para un certamen de cuentos del periódico de su colegio, cuya temática era la familia, presentó un relato que contaba la historia de un incesto y el destino de dos hijos gemelos que engendraron una sobrina y su tío en un pueblo ficticio tras varias noches tórridas de amor en una casa familiar. Y todo explicado con bastante detalle. El cura, que llamó a capítulo a los padres del chaval, leyó el cuento enterito delante de los tres, recreándose en algunas partes más que en otras. Don Ambrosio, que casi acaba la lectura jadeando, les dijo que por suerte la dirección había detectado el texto antes de su publicación porque, por supuesto, había sido elegido ganador por unanimidad de todos los estudiantes de la redacción escolar.

El padre le dio una hostia delante del cura, que replicó:

—Ya le he dado yo bien...

La madre no le habló durante días. Él actuó como si la indiferencia de la mujer fuera normal. Incluso se mostró más servil que de costumbre. El resto de la casa notaba la tensión en la habitación cuando madre e hijo se cruzaban. Pero nadie iba a abrir ese melón, simplemente dejaban que el tiempo discurriera. Pasaba otra cosa, y es que Eduardo estaba enfadado consigo mismo. Se había envalentonado para enviar el relato porque por esas semanas habían llegado a su mesita unos libros de escritores latinoamericanos que le encendían el alma y la pluma como nada antes. Y no había pensado en el dolor que podía causar a su madre, o si lo pensó, lo pasó por alto. No contaba con el premio de sus compañeros del periódico, lo envió porque creyó que al leerlo y ver el tono, lo descartarían para evitar problemas.

La señora Riestra explotó sin venir a cuento una tarde cuando su hijo hacía los deberes en la mesa del salón frente a ella. Lo vio escribir con esmero en una libreta y con toda la bilis que pudo, se levantó, cogió a su hijo del brazo obligándole a mirarla a la cara y le dijo:

—Que sea la última vez que escribes algo de mi familia, imbécil.

El insulto de su madre fue duro de asumir, un sentimiento de ruptura que nunca antes había sentido lo invadió. Y aunque también le ayudó a entender el nivel de dolor que ese tema en particular le causaba a ella, la reacción le parecía excesiva. Nadie de los que habían leído o escuchado el cuento se imaginaba que aquella historia cargada de pecado era la de su familia materna. Pero a su madre, sin embargo, aquellas cinco páginas de cuento la habían fulminado, le habían echado diez años encima.

Eduardo se obligó a dejar de pensar en el Valle Oscuru y asumió la máxima que llevaba rigiendo a su estirpe desde que existieron los primeros Riestra: «Hay cosas que es mejor no saber». Pero siempre había algo que le hacía volver a aquellos tiempos felices de vidas enteras en un solo verano. Los amigos, la niebla que se instala en el Cuera y no se va por mucho que Aníbal Romano, un ganadero del pueblo, vacilara a todos los niños veraneantes diciéndoles «Sopla, mi críu, ya verás cómo despeja...», o el sonido de los campanos del ganado en el monte y aquel primer beso que se dio con Jaqueline la mexicana. Eran memorias del Valle Oscuru que le asaltaban con un olor, una canción o un simple gesto de la chica que se sentaba en la mesa de enfrente en la Biblioteca de Medicina donde él iba a estudiar porque era mucho más tranquila que la de Derecho.

Cuando el director del periódico le insistió en que tenía que ir a Asturias a hacer lo del indiano y sus literatos, que era un encargo de arriba y que por qué no se llevaba a Liber al hotel de La Franca que pagaba el periódico, él pensó en todo eso y decidió decir que sí. Le apetecía volver a Asturias. Contactaría con el personaje mexicano para hacerle una entrevista, a él y a los escritores participantes, lo que hiciera falta. Romero seguía hablando...

—Que sí, jefe, que voy a Asturias, no hace falta que te arrodilles para pedírmelo.

—Encima vacilando, es que manda cojones.

Eduardo se tomó el viaje de vuelta a sus raíces como una manera de enseñarle Liber esa parte de sus orígenes que por primera vez desde hacía mucho tiempo iba a compartir con alguien. Era el momento de enseñarle los atardeceres entre el Cantábrico y la Sierra del Cuera.

—¿Conoces al ínclito? —preguntó el director.

—¿A Noriega? En ese Valle Oscuru lo conocen hasta las vacas.

El hombre, el mayor de siete hermanos, había salido de casa muy joven con la única certeza de que su periplo acabaría más allá del océano Atlántico. Tardaron en saber de él veinte largos años. Y cuando ya pensaban que estaba muerto, volvió por todo lo alto, con su «haiga», sus baúles cargados de telas y nada menos que ocho palmeras reales para plantar frente a la casa que se iba a hacer en el centro exacto del Valle Oscuru, en una finca llamada La Era Vieja que él rebautizó como «La Imperial» y a la que todo el mundo acabó llamando «la de las Palmeras».

Noriega regresó siendo el dueño de una de las mayores exportadoras de harina de Centroamérica. Puesto, el de propietario, al que había llegado gracias a un asturiano potentado sin hijos que para sorpresa de sus sobrinos le dejó en herencia a su protegido absolutamente toda la hacienda familiar. Era exactamente lo que había planeado desde pequeño.

Las ingentes plantaciones de maíz que heredó le permitieron pronto convertirse en lo que realmente soñaba ser: armador de barcos. En su meteórica carrera empresarial, y en realidad en toda su vida, le acompañó una tendencia natural a repartir sobornos y amenazas allá por donde iba. Eso le creó fama de hombre implacable y sin corazón. También lo hizo inmensamente rico, como nadie había visto en la contornada desde hacía décadas.

Cuando todo el mundo asimiló la magnitud de su riqueza, lo que pasó a ser tema de conversación entre los vecinos fue su excentricidad. Desde su «renacimiento» como indiano, que pagaba con dólares en los bares y no rechazaba la pleitesía del pueblo llano, Noriega no faltó un año a Asturias, donde disfrutaba largas temporadas y su estancia no pasaba inadvertida.

Organizaba fiestas, cacerías, cócteles, partidas de póker y hasta visitas a algún restaurante de Santander al que invitaba a los demás indianos, familias pudientes de la zona y, por supuesto, mandos militares y eclesiásticos de toda Asturias que llenaban su casa y el mismo hotel de la playa de La Franca en el que ellos estaban cenando. A aquellos festejos también asistían invitados los miembros de la nobleza madrileña que veraneaban en un radio de una hora, desde Ribadesella hasta Comillas, más o menos. No faltaba nadie, ni siquiera Felipe Polo, cuñado de Franco. Tampoco nadie pagaba nada. Todo corría a cuenta de Noriega.

Y era precisamente por una de sus extravagancias por la que Eduardo y Libertad estaban allí y se habían encontrado con Gloria. Noriega había decidido lanzarse al mundo editorial y quería comenzar publicando su propia biografía, que empezaba en una casa sin ventanas en una aldea a la que nadie iba, porque ¿a qué?, y terminaba en un casoplón con ocho palmeras reales en el mismito centro del Valle Oscuru.

El indiano quería que alguno de los autores a los que había invitado esos días a su retiro asturiano escribiera su historia. Ninguno de los candidatos lo sabía entonces, pero el elegido iba a tener que hacer un gran ejercicio de literatura para convertir la vida del protagonista en algo digno de admiración y no de espanto y miseria. La participación en la aventura del magnate iba acompañada de una importante aportación económica que pocos escritores se atrevieron a rechazar.

Lo cierto es que en la lista de invitados no había grandes firmas del momento, vamos, que ninguno había sido nunca aspirante al Nobel y posiblemente nunca lo sería, pero tampoco eran mediocres. En el grupo había plumas realmente brillantes. Con tanta calidad como hambre, seguramente.

Por supuesto que no había ni una sola mujer en la lista, las mujeres estaban prohibidas en casa de Noriega para todo lo que no fuera cocinar, planchar o limpiar. «No sirven ni para la chingada», decía con desprecio.

Gallardo había recalado en La Franca tras los pasos de este tipo y su cohorte de escritores. Desde que Romero se lo había encargado, el Valle Oscuru, aquel lugar casi mítico de su infancia y adolescencia, llenó todas sus conversaciones. Recordó los escondites en el cementerio para asustar a las parejas que iba camposanto a magrearse, los viajes a la playa en el Cadillac naranja del padre de Jacqueline o las veces que acompañaban a Romano al monte y el paisano sabía de quién eran las vacas solo por el sonido de los campanos.

Al viaje a Asturias se le sumó un aliciente más. Eduardo iba a cumplir el sueño de todo joven que pasaba tiempo en el valle: conocer por dentro La Imperial, ver lo que escoltaban las palmeras reales. Aunque sus padres habían sido invitados más de una vez a los eventos de Noriega, la presencia de niños estaba prohibida. Para él sería su primera vez.

El periodista no podía negar que estaba feliz. Máxime cuando hacía un mes que le habían nombrado subdirector del periódico y ese reportaje amenazaba con ser uno de sus últimos trabajos de campo. Tenía que buscar una buena historia y escribir algo de lo que sentirse orgulloso. Cuando volviera a Madrid, le iba a tocar despacho y reunión día sí y día también. Y pensar, pensar mucho en cómo contar todo lo que está pasando en el país mientras lidias con la censura, te peleas con los de más arriba y enfadas a los de abajo, incluidos los lectores.

Quería disfrutar en Asturias de esa última aventura de reportero antes de entrar en la caverna.

Y todo eso también se lo contaron a Gloria en aquella primera cena juntos.

—Total, que Liber aprovechó la visita para acercarse a Oviedo por un trabajo que le había encargado Frade con unos ingenieros belgas. Yo estuve con lo mío y ahora toca...

—¿Tú trabajas? Quiero decir, ¿Liber trabaja?... —interrumpió la joven Montes apelando a su vieja conocida.

—Sí, claro... Le tengo que devolver mucho dinero a este señor por haberme pagado los estudios.

—No empieces...

Un camarero interrumpió la conversación.

—Señor, preguntan por usted al teléfono.

Eduardo se levantó y al pasar por lado de su mujer le acarició la cara. Cuando estuvieron a solas, ella dijo:

—No sé si tengo a este hombre o lo sueño. Ojalá conozcas algún día a alguien como él, Gloria. Eso lo cambia todo.

—No me interesan ni lo más mínimo los hombres. Más te digo: creo que lo que nos enseñan los libros, lo del amor y esas cosas, no existe más que en esos libros. Que no es algo real y por eso se escribe, para que haya cosas más guapas que el mundo real... Por eso me gustan las historias de Luisa María Linares, porque siempre terminan bien, porque siempre terminan.

—¿Así que te gusta leer, eh? —preguntó Libertad, sorprendida tanto por la confesión como por el hecho de que la chica hubiera encadenado varias frases seguidas.

—Un poco...

Volvieron las frases cortas, pero Roca no forzó.

—Creo que si te gustan los libros te va a gustar nuestra casa, vas a tener mucho donde elegir...

La mujer miró a los lados y cuando vio que Eduardo sacaba la libreta del bolsillo de su chaqueta y apuntaba algo que le estaban contando por teléfono, dijo:

—Creo que lo mejor es que nos vayamos para las habitaciones a descansar. Conozco estas llamadas y pueden durar horas... Y no sé tú, pero yo estoy agotada. El viaje de Oviedo me mató los huesos...

—¿Fuiste a..., ya sabes..., a Santana?

—No... ¿Lo dices por los ingenieros belgas? No, esos nada, ventilaron el negocio en un notario de la calle Uría y se volvieron para Brujas...

Gloria se levantó y le estrechó la mano a su amiga, que se la apretó con fuerza hacía sí. Las dos estaban visiblemente emocionadas.

—Muchas gracias. No sé por qué lo haces, pero muchas gracias.

—Soy tu madrina. Y eso hacen las madrinas, ¿no?

Antes de soltarse, la joven preguntó:

—Liber, ¿tú crees que nunca vamos a volver a Santana?

Sonrió. Sabía la respuesta más probable, pero prefirió eludirla:

—¿No te enseñó ya la vida que no se puede decir «nunca»?

—Un poco...

La nena apenas durmió aquella noche. Y eso que la cama era comodísima y la madrugada fue tan suave que hasta pudo abrir la ventana para intentar descansar con el sonido del mar, era como poner la caracola del señor Acebo en el oído y no quitarla nunca. Encendió un candil de la habitación y escribió una carta a Pilar, que comenzaba diciendo «Los planes han cambiado...» y finalizaba prometiendo devolverle hasta el último franco que le había dado: «No sería justo por mi parte quedarme con ese dinero».

No pudo ver la cara de la modista cuando semanas después leyó la misiva. El mundo de esa guaja de Montes estaba lleno de casualidades preciosas después de todo (o a pesar de todo) y la mujer había sonreído. Ahora solo quedaba esperar más noticias de la chavala, si Liber Roca estaba involucrada en el futuro de la neña, no sería nada malo. Era una mujer buena, otra de sus «ahijadas», y sabía de sobra cómo salvar a una moza de la cuenca minera que no quiere arrastrarse por las galerías como un gusano. Porque ya lo había hecho una vez consigo misma.

Gloria no mandó la carta en ese momento. Solo la escribió. La guardó en su exigua maleta entre las hojas del libro de la Linares y se echó a descansar. La enviaría desde

Madrid. Sintió cómo las lágrimas le salían de los ojos sin control y resbalaban por su sien hasta caer sobre la almohada en un recorrido corto. No hizo nada por enjuagarlas y se durmió pensando en la nueva encrucijada que le había puesto la vida delante. Otra vez había tomado una decisión sin pensarlo demasiado o como si los demás pensaran por ella. Aún no tenía claro si esto le disgustaba o era de agradecer.

En el desayuno, al que llegó ya con el equipaje en la mano y la misma ropa del día anterior (por eso de ahorrar), la esperaba Liber con un café con leche y un croissant. Era la primera vez que desayunaba croissant.

—¿Dormiste algo?

—Un poco...

—Espero que sepas decir alguna frase más que «un poco» —respondió con un guiño antes de darle un bocado a su dulce.

Gloria se ruborizó. Y al mismo tiempo tuvo la necesidad de no dilatar más el momento. La mujer que había depositado su confianza en ella se lo merecía. Alzó la cabeza y la miró a los ojos.

—Estaba embarazada, pero lo perdí... Perdí al nenu. Querían que les diera el guaje a unas monjas o algo así... Dije que no y mi padre me echó de casa. No sé, o me fui yo... Mi madre no hizo nada para pararme... No me pude despedir de mis hermanas.

No fue capaz de seguir. Las lágrimas volvían a ser, como la noche pasada, silenciosas, y en realidad se parecían más a una corriente continua...

La mujer le tendió la mano y le apretó los dedos con ternura, sacó un pañuelo de su bolso y se lo dio, la obligó a agacharse junto a ella.

—No llores. Todo eso ya pasó. Y no hay marcha atrás, ahora solo queda mirar para adelante, buscar una ilusión y seguir tirando... ¿Sabes qué decían cuando yo me fui de Santana?

Aún sollozando, Gloria respondió:

—Que eras puta...

La carcajada de Liber retumbó en todo el comedor y las mesas de su alrededor se giraron a mirarlas.

—La verdad es que iba a decir que lo que contaban de mí era que me había fugado con un hombre casado... No sabía que me habían elevado el rango a meretriz. Mi madre nunca me lo dijo. Sabe Dios lo que tuvo que escuchar de mí la pobre muyer. En sus cartas siempre decía: «Yo sé cómo eres tú, no me lo tiene que decir nadie». Ahora lo entiendo...

Ambas se quedaron en silencio por unos minutos. No fueron incómodos. Se acomodaron en la mesa y siguieron desayunando. Las dos sabían que la otra tenía cosas que pensar. Un camarero se acercó con una jarra en la mano:

—¿Más café, señora Gallardo?

—Roca... Señora Roca. Y sí.

Gloria la miró de reojo. Seguía siendo exactamente la misma guaja poderosa que podía convencer a cualquiera de cualquier cosa. Como cuando consiguió que en los talleres de Santana le ajustaran cuatro rodamientos a tres tablas que pintó de blanco para ganar, de largo, la carrera de cachivaches que se había montado en la cuesta de la escombrera. Ella era la única neña de toda la prueba, el fotógrafo Valentín Vega le hizo una foto en plena carrera. Todos se enteraron porque casi se lo lleva por delante, el paisano se enfadó y no hizo foto del pódium. Vamos, que no quedó documentación gráfica de tal hazaña, pero no hacía falta. La fama de la Roca pervivía aún generaciones después en las carreras de cachivaches del valle. Y la victoria no solo la convirtió definitivamente en leyenda de Santana. Su artilugio había causado sensación entre los chavales de Fradera y el flamante barrio del Japón, y la «sustracción» de rodamientos en los talleres de la compañía minera se disparó. Un hecho que no pasó desapercibido para la dirección. Se cambió el protocolo y por primera vez en su historia la empresa obligó a hacer inventarios exhaustivos de material, también de dinamita.

Libertad interrumpió los recuerdos de Gloria:

—Nos vamos al mediodía. Gallardo termina hoy su ronda de contactos, así lo llama él, con los escritores y el ricachón ese de Noriega. Este señor no debe de saber ni en qué gastar el dinero. Un libro sobre su vida, ni que fuera, ¡qué sé yo! ¡Lenin!

La joven Montes dio un respingo y miró a su alrededor. Nadie las escuchaba.

—A Eduardo ya lo vinieron a recoger temprano y me dio indicaciones para ir a buscarlo al casoplón del tipo ese... Vamos a por él y para Madrid... Que hay que trabajar.

En Santana nadie se imaginaba que en realidad Liber nunca había sido puta y sí había estudiado el secretariado internacional que prometía desde pequeña, también varios idiomas. Aprendió francés durante el tiempo que estuvo en Bruselas y lo perfeccionó yendo a clases nocturnas donde hizo amigas italianas, polacas, portuguesas y marroquíes con las que también empezó a aprender italiano, árabe, portugués y alemán. Era una cualidad, lo de su felicidad para las lenguas, con la que la chica ya había despuntado en el colegio y que había redescubierto en Bruselas, donde todos los acentos del mundo se concentraban en cuatro calles.

Lo primero que hizo al llegar fue estudiarse de pe a pa el diccionario de francés que le regaló sor Naranjo, que empezaba con «abaisse», que era una pasta de hojaldre, y terminaba con «warrat», que es un recibo. Libertad no sabía si es que al diccionario le faltaban las últimas páginas o era que en francés no las había que empezaran con Z.

Cuando volvió a Madrid con Eduardo se puso a estudiar para sacar los títulos. En Bélgica había ahorrado suficiente y le daba para la academia y los exámenes. Solange tenía un carácter endiablado pero pagaba bien y repartía absolutamente todas las propinas.

—Si trabajabas y no dabas problema era un buen sitio para estar. Hasta que llegaba un rubio medio asturiano, te enamoraba y te pedía que volvieras con él a España —apuntó Liber, que recordó su primera conversación «formal» con su ahora marido.

«No te creas que voy a ser la mujer perfecta, ni una mantenida. En cuanto acabe los estudios te devolveré la mitad del dinero que gastes durante este tiempo en el que yo no trabaje». Por toda respuesta el chaval dijo: «Ni creo ni quiero que seas la mujer perfecta y de lo otro... ya hablaremos. Primero acabas, después ya vemos...». Los dos cumplieron su palabra.

Quizás la única pega que le ponía a Eduardo es que no lo veía demasiado. Siempre estaba en la redacción subyugado por alguna historia o transcribiendo alguna entrevista. Pero lo cierto es que hasta esa soledad le gustaba.

Además de un trabajo que lo «secuestraba», Gallardo tenía muy buenos contactos entre los que estaba su amigo José Antonio Frade, que había terminado la carrera de Derecho y ya dirigía uno de los bufetes mercantiles más importantes de la ciudad, como su padre y su abuelo. Se conocieron en la biblioteca del Ateneo de Madrid, de la que eran socios sus dos padres. En realidad se «reconocieron», porque tenían referencias el uno del otro desde muy pequeños, durante todos los veranos de su infancia.

—Hace mucho que no vas al Valle Oscuru... —le espetó de repente Frade.

—Joder, macho, no tenía claro si eras tú o no... Pero ya veo que sí. Y tú, ¿sigues yendo?

—Pues claro, hombre, todos los veranos. Ahora vienen muchas de México y alguna de Madrid que bueno, yo quedo después con ellas por aquí. Si quieres un día te invito.

Gallardo intentó no reírse de Frade haciéndose el gallito porque, precisamente por la experiencia compartida durante los veranos, sabía que era un niño de papá incapaz de negarse a ir a misa todos los días y que lo que tenía delante era una pose...

—¿Y desde cuándo eres tú un gigoló? Porque yo así no te recordaba...

—No vas ni al Valle Oscuru ni por la facultad, porque me dijo mi padre que estabas en Derecho pero yo no te he visto nunca... —Frade cambió radicalmente de tema cuando vio por dónde iban los tiros.

—Es que tengo otras cosas mejores que hacer y ninguna es ser abogado, la verdad...

—¿Y entonces qué haces aquí estudiando?

—¡Ah! ¿Esto? No estoy estudiando, estoy escribiendo... Veo que sigues siendo igual de metomentodo que cuando eras un críu.

A pesar de esta primera conversación cargada de reproches, o quizás por ella, se hicieron amigos de verdad, como si el hecho de tener una raíz común en el Valle Oscuru los hubiera convertido, de repente, en parientes. Esta amistad era una concesión, mínima, a su pacto de silencio con el lugar y también el último hilo que le unía con aquello. Comenzaron a verse en la biblioteca. Frade le pasaba algunos apuntes a Gallardo y este le llevaba a los guateques «a ver si espabilas, mi críu». Cuando uno acabó la carrera, el otro ya tenía un sueldo medio decente en el periódico, eso sí, sin título universitario alguno que enseñar a los Gallardo Riestra.

Los «horarios» del periodismo eran los culpables de que los dos amigos se vieran poco. Ambos sabían que al otro le iba bien y se llamaban al despacho o a la redacción para darse noticias, a veces incluso buenas. Nunca faltaba una comida en septiembre para hacer repaso de las vacaciones. En una de esas veces:

—Me he casado, Frade, con una asturiana que conocí en Bruselas, ¿te lo puedes creer? ¡Una asturiana! Y por ella te quiero pedir un favor, no te creas que te voy a pedir el regalo de boda..., o bueno..., sí. Si tú quieres, ahora que ya tienes dinero como un indiano, me lo das. Ella se llama Liber y es guapísima. Pero todavía es más lista que guapa. Habla francés de manera fluida, se maneja en italiano y está estudiando inglés y alemán... He estado investigando y tengo entendido que tienes muchos clientes extranjeros en el despacho que vienen a invertir, estoy seguro de que necesitas una traductora para ayudarte. Y además de confianza. Los clientes internacionales lo agradecerán. Liber es fantástica.

—Dime que Liber no viene de Libertad, Eduardo... —fue lo único que respondió el letrado con los cubiertos estáticos sobre la chuleta que se le enfriaba en el plato.

—No, hombre, no, de Libertad no, viene de Libertina. Es que de verdad, Frade, te daba una hostia si no fuera porque vas a pagar esta carne y este vino y las siguientes tres copas.

—Tienes una jeta, macho...

Así fue como la Roca comenzó a trabajar para el bufete de abogados mercantiles más próspero de Madrid. Y aunque pillaba a Frade muchas veces mirándola con cara de recelo, su presencia se convirtió en fundamental para cerrar negocios y hasta se toleraban. Liber era una gran trabajadora y ante eso el abogado se quitaba el sombrero. Lo ganó por ahí. Se manejaba con soltura y tenía una personalidad arrolladora que hacía que los clientes la quisieran. Él se sentía más seguro a su lado y aunque a veces, sobre todo cuando no se callaba ni una sola opinión, la echaría a la calle sin miramientos, en el fondo no se planteaba trabajar sin ella.

A la cartera del despacho se sumaron noruegos exportadores de salmón ahumado, belgas con participaciones en minas de carbón y americanos que vendían neveras y televisiones. Todos le decían a Frade: «Kére-mos ke nos a-iú-de Liber», «Que venga madame Goca», «Liber is the best», con una familiaridad que impresionaba al abogado. Los clientes felices pagan mejor y eso es lo único que le interesaba.

De todo esto la joven Montes se enteró esa misma mañana en el Valle Oscuru mientras esperaban la hora indicada para ir a buscar al periodista al palacete indiano de Noriega. Pasearon por la playa y ella pudo, por fin, meter los pies en el mar. El agua estaba helada, casi tanto como la del río de Santana donde lavaban la ropa. No se lo imaginaba así.

—Si consigues quedarte unos segundos parada en el agua, deja de parecerte que está tan fría...

Llegado el momento, siguió a Liber hasta el aparcamiento. Allí estaba el coche de la pareja, un Seat 600 de un color verde que recordaba a las paredes de un hospital. Ya habían cargado las maletas. Gloria se acomodó en el asiento del acompañante y miró para atrás mientras se alejaban.

—Creo que puedo acostumbrarme a viajar en coche. Con Pilar monté muchísimo. Casi todas las noches.

Durante el tiempo que estuvo en reposo en casa de la modista no salió del taller por el día, por miedo a que la viera algún conocido o sus propios padres, que solían bajar a menudo a El Entrego. Pero tuvo que acompañar a la mujer a algunos recados nocturnos.

—¡Hala, venga, arriba, que te vas a convertir en sábana! Te vienes conmigo y ya sabes, te presentaré como mi ahijada.

Iban a diferentes casas, se tomaban café con pastas, churros, orejas o frixuelos que llevaban en la mano y que escondían, además, otros paquetes de ida y vuelta. Así llegaron a sus manos sus nuevos documentos de identidad, con la fecha de nacimiento falseada y con el permiso de su padre.

Ese día, que la vuelta a casa discurrió entre las calles de su pueblo casi con la única luz de los focos del coche, fue el primero en el que tomó conciencia de que se había ido de casa. Había huido hacia un futuro incierto porque quedarse significaba morir. Y no solo físicamente, que también podría ser... Moriría su alma, morirían todas las Glorias que cabían en su cuerpo. Ganaría la sumisa y desaparecerían para siempre la valiente, la salvaje, la diligente, la lista...

Este nuevo viaje con su vieja amiga en coche era distinto. Porque ahora era de día, a plena luz, y no importaba que la vieran. Además, y esto era lo más importante, no era un viaje planeado. «La casa tiene una hilera de palmeras altas», repetía Libertad mientras discurrían por las carreteras de un valle en el que ese mediodía resplandecía el sol. No tardaron en encontrarla. Un hombre que parecía estar cuidando el jardín les abrió la verja de la entrada.

—El coche pueden dejarlo ahí mismo, no va a entrar ni salir nadie. —Si no fuera por la sonrisa que echó al finalizar, hubiera sonado bastante turbio—. Las están esperando en la terraza de atrás —concluyó.

Las dos mujeres hicieron el resto del camino hacia la casa andando.

—Así se debe sentir caminar por La Habana —dijo Liber.

—Parece pero no lo es —respondió la chavala, que ya le iría enseñando a su amiga todo lo que ella sabía del Caribe gracias a los libros de la casa Acebo.

Rodearon el edificio y al encarar la terraza vieron un balcón indescriptible que miraba hacia la Sierra del Cuera. Allí estaba Gallardo, sentando en una silla de mimbre junto a un hombre mayor y lo suficientemente sofisticado como para que no se le confundiera con otro jardinero. Ambos se levantaron al verlas llegar. El periodista fue el encargado de los saludos.

—¡Chicas! ¡Estáis aquí! Os voy a presentar al señor José Guillermo Noriega. Señor Noriega, ella es Libertad Roca, mi esposa, y Gloria Montes, su...

—Ahijada... Soy su madrina.

—¿Entonces oficialmente eres mi segunda madrina? —musitó ella entre dientes, cuando por fin estuvieron las dos solas.

—Claro que sí, y no olvides nunca que eso te convierte en una Roca.

En la terraza de La Imperial no había rastro de escritor alguno. Pronto supieron por qué. Estaban trabajando en la tarea que Noriega les había encargado. Tenían que pensar con qué pregunta empezarían una hipotética entrevista con él en caso de ser elegidos para escribir sus memorias. El indiano les había dado todo el día para pensarlo. El autor que planteara la pregunta más interesante para el protagonista ganaría un punto. Después habría otras dos pruebas: averiguar por su cuenta un dato de la vida de Noriega que él no les hubiera contado y, por último, buscar un título para el libro. Todo aquel que consiguiera al menos un punto pasaría a la prueba final, que consistiría en escribir un capítulo entero de la biografía. Cobrarían un sueldo por estar allí aquellas semanas. El elegido además recibirá una generosa suma de dinero una vez finalizado el encargo, para el que tendría un año. Después ya se vería.

—¿Y se puede jugar? —preguntó para sorpresa de todos la joven Montes que hasta ese momento no había abierto la boca. El viejo la miró con desdén.

—Esto no es un pinche juego, niñita.

—Pues si lo fuera, yo, por ejemplo, la primera pregunta que le haría sería: ¿Qué quiere que piensen los lectores de usted cuando terminen de leer el libro sobre su vida? ¿Quiere que le teman o que le adoren? ¿Que se rían o que lloren? Porque depende de lo que me responda, escribiría la historia de una manera o de otra. No sé si me explico.

El arrojo de la chavala les sacó una sonrisa a Gallardo y a Liber. El mexicano le dio un sorbo a la copa y se atusó el bigote. Iba a decir algo pero la chica lo interrumpió.

—No sé ni cómo ni cuándo, pero estoy casi segura de que usted trabajó en una mina de carbón. Esa sería mi respuesta a la segunda prueba, supongo que, de ser cierto, no mucha gente sabe que fue minero antes que...

Eduardo completó la frase casi de manera inconsciente:

—Antes que fraile...

El viejo se levantó de un brinco...

—¿Os estáis riendo de mí? ¿Quién os ha mandado aquí? ¿Quiénes sois?

El periodista se dio cuenta de que la situación estaba a punto de desbordarse e intercedió:

—Bueno, creo que lo mejor es que nos vayamos ya, por mi parte tengo todo el material necesario.

Los tres se disponían a retirarse, pero Noriega se puso en su camino. Estaba muy enfadado.

—¿Quién les ha mandado aquí? ¿Quién le ha dicho a esta...?

—Gloria, ella se llama Gloria Montes Fernández.

—¿Quién le ha dicho lo de la mina? ¡Dígamelo! —la cogió del brazo con fuerza.

En realidad, no había sido tan difícil para ella averiguar «lo de la mina». El hombre, con toda su elegancia impostada y su bigote perfilado, no podía esconder del todo la cicatriz que le había provocado en la mejilla la caída de un costeru en la mina de La Rebollá en el día más nefasto de todos los que trabajó de minero, no muy lejos de Santana.

Porque sí, José Guillermo Noriega había marchado para México a hacer fortuna, pero antes, siendo un niño, recaló en las cuencas mineras, donde trabajó de herrero, mulero y ayudante de picador, y donde lo pilló una guerra que casi le hace desistir de su obsesión por cruzar el charco. Pero cuando empezaron a reclutar a hombres en el pozu para ir al frente, sin avisar a los pocos que lo podían echar en falta en esa tierra negra, se fue. «Las guerras no dan dinero a gente como nosotros», decía.

En sus siguientes paradas antes de llegar a México hubo algún sobresalto tan grave como el de grisú. Pero en cualquier caso nadie, a priori, conocía muchos detalles de su vida anterior a la riqueza, salvo los que el propio Noriega contaba en sus fiestas a última hora de la noche o primera de la mañana y que siempre eran los mismos.

En esos festejos, un grupo selecto de personajes que había comenzado la velada henchido de sofisticación, mezclaba sus borracheras con las del personal de servicio que después de atender a los invitados, darles de comer, de beber, de merendar, de cenar, de recenar y de más beber, se unían a la fiesta disimuladamente, bebiendo a escondidas copas olvidadas. Todos escuchaban al indiano hablar y hablar y hablar. Era un déspota con una gran oratoria, de esa especie de hombres incapaz de estar en una reunión sin ser el centro de atención, un ego que compensaba, sea dicho de paso, con lo bien que contaba las historias.

Las anécdotas de Noriega salían de aquella casa y se convertían en leyendas más o menos ajustadas a la verdad que se cuchicheaban en todos los corrillos del Valle Oscuru. Solo una vez contó algo más «íntimo» de lo normal... Fue la noche que, entre unas risas que escondían rabia, explicó que había pasado la frontera de Francia con sus ahorros pegados al cuerpo con fajas, que estuvo más de tres meses sin lavarse para no quitárselas y no perder el dinero, y que como apenas comía adelgazó y los billetes le caían por la entrepierna.

La suerte, después de un largo periplo que incluyó una travesía nada lujosa en el vapor Ipanema, lo llevó a recalar por fin en México y concretamente a la empresa harinera de otro asturiano. Empezó de peón y en apenas unos meses, después de ganarse el favor de dueño cantándole canciones populares de España, entre otras cosas, se convirtió en su capataz y mano derecha, cuando no ejecutora. Se podrían haber odiado, pero eran almas gemelas, con la misma vanidad y similar desprecio por el resto de los seres humanos, así que decidieron adorarse. Para cuando el viejo murió, Noriega ya ejercía el poder con todas las malas artes que traía de casa, más las que aprendió allí.

Y empezó a desarrollar el plan que llevaba años trazando y que incluía la devastación de comunidades indígenas y espacios naturales. Sus plantaciones de cereales llenaron las alforjas de Noriega y entonces hizo lo que llevaba toda la vida esperando. Volvió a Asturias como un hombre rico.

Nada más llegar, cerró la boca de los que lo daban por muerto y compró una finca en el centro exacto del Valle Oscuru, una colina que tenía por nombre la Ería Vieja y que cuenta con una peculiaridad: es visible desde todos los pueblos de los alrededores. Para construir la casona mandó traer, en barco desde Veracruz hasta Santander, de todo: las largas palmeras que hicieron famosa la casa años después, pero también decenas de especies de plantas, peces e insectos que soltaron en la finca sin ningún miramiento. Lo de los bichos se supo porque meses después de su llegada hubo una plaga de mariposas amarillas en el Valle Oscuru que nunca antes se habían visto en la zona. Aún de vez en cuando aparece alguna.

Pero todo eso, lo de la riqueza, las excentricidades y la cuenta corriente abultada de Noriega, era algo que la gente conocía de él. Al igual que sabían que en el jardín de atrás tenía un mausoleo a sus padres que murieron antes de verlo triunfar o que la razón de por qué tenía tantos coches es que cuando era niño, el hijo de un indiano pudiente que había venido a las fiestas del pueblo se rio de él porque todos sus juguetes eran palos, piedras e hilos. Y después en el bar su padre lo avergonzó delante de todo el mundo por el disgusto que traía. Le dijo:

—Algunos nacen con estrella y otros estrellados. Tú, como todos nosotros, eres de los segundos, mi críu, cuanto primero lo aceptes, mejor. Y los coches, los verás de lejos...

Lo de ser minero y haber trabajado de ayudante para varios picadores que podrían haberle arrastrado del cuello con una sola mano si hubieran querido, nunca se lo había contado a nadie. Por eso no era capaz de quitarle el ojo a esa mocosa que había traído a su casa el «buenoparanada» del periodista y que le había generado una presión en el pecho que no le era ajena.

Una sensación muy parecida a la que tenía cada noche cuando soñaba con el accidente que lo sepultó durante más de dieciocho horas bajo toneladas de carbón y el cuerpo de uno de esos mineros a los que siempre acompañaba. El otro hombre murió en el derrabe, su cuerpo cayó sobre él y unas maderas, que lo protegieron y le dieron aire. Cuando lo sacaron de allí, ya apenas respiraba. El médico le cosió la cicatriz de la cara en el pozu, sin anestesia ni mucha limpieza. Las diminutas partículas de carbón que se quedaron incrustadas en la piel, debajo de los puntos de sutura, no se fueron nunca y tornaron a un color más apagado que el negro, mezclado con el rojo de la sangre... Era un azul como el de la pólvora. Nadie sabía nada de esa historia pero no había mañana en la que Noriega no se mirara al espejo y, contemplando aquella cicatriz azul pólvora, recordara que él no pertenecía a ese mundo de ricachones y palmeras que cruzan el Atlántico. Por mucho que se empeñara. Él venía de otro sitio...

—En las cuencas la sangre no es azul pero las cicatrices sí... —terminó diciendo Gloria al ver que nadie hablaba.

—Es una apreciación muy aguda, señorita Montes... —de repente el rango había subido pero también el tono del hombre—. Sin duda es usted una mujer observadora que podría encontrar un buen marido, formar una familia como Dios manda y dejar de ser una pendeja. Pero lo que usted pueda decir, en realidad, no nos interesa a nadie. ¿No le parece?

La grosería de Noriega para sus congéneres también era algo que, como el dinero, abundaba en la casa de este solitario fantasma, padre de tres hijos de dos matrimonios a los que no veía nunca y que solo querían de él su dinero.

Todos estaban esperando a que el viejo se muriera para repartirse el botín. Él lo sabía. No parecía importarle. De hecho daba la sensación de que le escocía más lo que había dicho la chica sobre su vida.

—¡Contesta! ¿Ahora te has vuelto muda?

El valor de la chavala se esfumó en el preciso momento en el que el hombre la miró a los ojos y se le acercó. Era una mirada de furia a punto de descontrolarse. La que ponía minutos antes de un ataque de ira. Gloria dio un paso atrás. Suerte que a su lado estaba la verdadera Roca que no tardó en reaccionar.

—Y el mejor título, para su biografía, por eso de seguir jugando, sería «Parece pero no lo es».

La entrevista a Noriega nunca vio la luz por varias razones. La primera y más importante porque el hombre hizo unas cuantas y estratégicas llamadas para quejarse de la escasa educación del periodista y sus acompañantes, y amenazó con denunciar al periódico si publicaba algo. La crisis no le costó el puesto a Eduardo porque Romero lo defendió:

—Usted sabrá de gestionar dinero pero yo sé de buenos periodistas y Gallardo lo es. Así que no hay discusión. Se queda. Un ricachón mexicano puede mandar en sus negocios, pero aquí mando yo... ¿Algún tema más que quiera tratar? —le espetó al administrador.

Cuando el joven quiso darle las gracias y explicarle lo que había pasado, respondió:

—No me cuentes milongas porque me cago en tu padre, Gallardito. Siéntate en ese puto despacho de una vez y ponte a hablar con la gente de la redacción porque esto va al carajo. ¿Sabes lo que es el carajo? ¿No te lo enseñó el ricachón mexicano? Te juro que un día lo quemo todo, empezando por tu máquina de escribir, ¿me oyes? Dejadme en paz ya con el temita, que me tenéis frito.

La anécdota de lo terriblemente pedantes que habían estado las dos mujeres ante la presencia del indiano, que por otro lado era imbécil, fue tema de conversación y risas durante la mayoría del trayecto hasta Madrid. La entrada en la ciudad la hicieron de noche y en silencio. En realidad Gallardo conducía con la mano apoyada en la palanca de cambios y sobre ella la de Liber. En el asiento de atrás, acurrucada contra los abrigos de ella, la joven Montes dormía plácidamente.

—Despierta, nena... Tienes que ver esto.

La Gran Vía surgió imponente tras la ventanilla. Gloria se frotó los ojos. Era exactamente igual a lo que se había imaginado. Y había gente por todos lados. No se fueron muy lejos, el coche giró a la izquierda por la calle San Bernardo y allí mismo se bajaron. El runrún de los coches y el gentío llegaba hasta el portal, la chavala miró a la acera de enfrente. «Gran galería», rezaba un cartel. Agarrando su maleta con las dos manos y en silencio subió las escaleras detrás de la pareja. Liber le había dicho que vivían en un cuarto, pero ella juraría que subió cinco plantas. Fue una de las primeras cosas que aprendió de Madrid, que existe un piso llamado entresuelo.

—¡Tachán! Bienvenida a casa, señorita Montes, resolvedora de misterios y azote de los ricos... —bromeó Eduardo.

Primero asomó la cabeza. Dio un paso, quería entrar con el pie derecho de manera consciente... En la casa hacía calor. Abrieron las ventanas para que entrara aire fresco.

—Mira, esta será tu habitación... —dijo Liber en una de las estancias. Antes de fijarse en que no había sitio ni para poner un par de zapatos, Gloria reparó en las vistas que había desde su habitación. Estaba lleno de tejados, de tejas rojas iluminadas por la tenue luz de las farolas, que parecía llegar de todas partes. Nada que ver con el ventanuco de la habitación que compartía con sus dos hermanas pequeñas en Santana.

Pensó en las niñas y sintió dolor, era lo único de su huida que le causaba tristeza. A Rosa ya le empezaban a gustar los rapaces y era tan sensible..., necesitaba consejos para buscar un buen hombre. A Aurora, la pequeña, le iría bien, era muy lista. El dolor de pensar que se iba a perder las vidas de aquellas neñas a las que había criado era real. Solo les echaba una cosa en cara: no haber tenido ni un gramo de valentía para enfrentarse a su padre. Aunque en realidad ese enfado era con ella misma. Y con nadie más.

—De algunas de esas chimeneas sale humo de cocinas de carbón, pensarás que estoy loca pero a veces abro la ventana solo para olerlo, para que la ropa se me impregne de ese humo de Santana que no nos abandona nunca. ¿Te acuerdas la vez que las hijas del médico estrenaron un abrigo blanco que no les llegó limpio ni al puente de la capilla?

—Pero eso no fue por el humo, fue porque le tirasteis barro con cerbatana desde la escombrera, que yo estaba allí...

—Es imposible que te acuerdes de eso... Eras una guaja...

Pero Gloria sí se acordaba y también de que ella fue una de las que no se escondieron a tiempo. Hasta un correazo se llevó de su padre. Se lo dio en la mano, pero a punto estuvo de rajarle la mejilla. El hombre no consentía esa falta de respeto a la familia del médico.

—Deberías lavarles el abrigo con la boca. Mira que andar por ahí como una cualquiera lanzando barro. Que por tu culpa me paró el médico en medio de la calle. ¡Pa decírmelo!

¡Qué vergüenza! A mí tú no me faes pasar vergüenza otra vez porque antes te mato, fíjate bien lo que te digo...

—Pero yo no fui, padre.

—¿Y entonces qué facías ahí? ¡Te tengo dicho que no vayas a jugar con esos pordioseros! Sabes perfectamente de quién hablo, la hija de Amaro Roca, esa guaja no me gusta. Es demasiado... No obedece a nadie... Te prohíbo que vayas con ella. Te quedas aquí en casa con tus hermanas y las cuidas, que es lo que tienes que hacer: ahora contra la pared y de rodillas.

Aguantó las lágrimas hasta que el hombre se fue de la habitación y pudo levantarse. Las rodillas le ardían. Su padre la había hecho arrodillarse sobre dos garbanzos. Una de las piernas le dolía muchísimo, sintió cómo se le hinchaba. Después de dos días cojeando la llevaron al médico. Cuando se quedó a solas con el hombre, este le colocó la mano sobre el hombro demasiado fuerte y demasiado tiempo.

—Hay que portarse como una señorita. Esto que te ha pasado es un castigo de Dios...

Gloria volvió la mirada al interior de aquella habitación de una buhardilla en Madrid en la que había libros por todas partes para despejar el recuerdo. El lugar distaba bastante de ser el de una señorita normal y corriente. ¿Pero qué lo era últimamente en su vida?

—¿Sabes qué...? —añadió de repente en voz alta apelando a Roca—. Que el médico nuevo de la compañía ye mucho mejor que el que teníamos en Santana, ¿te acuerdas? El de ahora llámase Turno Vieira, solo tiene fíos, varones, y además...

—¿Y además?

La joven se dio cuenta de que continuando la frase y hablándole de la relación fuera del matrimonio que compartía el susodicho doctor con la modista, estaría cometiendo un error, otro más, que pondría en peligro a Pilar, la mujer que hasta el momento más la había ayudado en la vida...

—Nada, nada... ¿Crees que mañana podría enviar una carta a Asturias? Tengo dinero... —apuntó tocando la fardela en la que seguía intacto el dinero que, precisamente, le había dado Vieira.

—Sí, claro. Mañana Eduardo y yo nos iremos temprano, que tenemos muchas cosas que hacer, pero yo te lo explico todo en una nota, te lo dejo en la cocina y vas sola. Y el dinero no se te ocurra gastarlo, yo te dejo ahí un par de duros.

—¿Sola?

—En esta ciudad y en este barrio nunca vas a ir sola a ningún lado. Es como la salida de los mineros del pozu, pero a todas horas. No te vas a aburrir. Además eres lista, seguro que no tienes ningún problema. Yo te lo dejo bien indicado. No te preocupes. Y ahora, a descansar... —le dijo mientras convertía el sofá en una cama.

Cuando Libertad se fue, Gloria sonrió mirando el suelo hecho de madera oscura. Volvió a echar un vistazo a su alrededor. Libros, periódicos, hasta una bola del mundo para ella sola. Sobre la mesita, apiladas pero en desorden, un montón de fotografías de la pareja, con otras personas, posando junto al coche, con un pañuelo en la cabeza y una sonrisa infinita en la boca, en la playa, con las mismas gafas de sol con las que ella la había encontrado en la terraza del hotel balneario.

Al percatarse de dónde estaba y de lo que había pasado en las últimas semanas, pensó en lo frágil que es la realidad que damos por asumida. No sabía muy bien por qué, porque muchos motivos no parecía tener, y sin embargo estaba contenta. Ya apenas recordaba la cabaña de Pedro Cancio. Solo alguna noche, en algún sueño aparecía Germán con su calza de ocho centímetros y los corderos berrando porque tenían fame... Era como si hubiera pasado un siglo desde aquella tarde en la que su vida cambió para siempre.

La ventana seguía abierta, una leve brisa llegó a ella. ¡Qué distinta a la de la Calle'l Ratu! Era seca, cálida, quizás demasiado..., y estaba acompañada del sonido incesante de los motores, del algún grito callejero desgarrado y de música, ahí a lo lejos, que sonaba o no según cómo soplara el viento. Ahí estaba, y no tenía miedo.

Cerró la ventana y apoyó la espalda contra el marco para volver a observar su nueva habitación. Tampoco esta se parecía a la de su casa. Su padre tan solo les permitía tener un crucifijo en las paredes, una biblia sobre la mesa o, como mucho, vidas de santos y la figura de un cisne de cristal que habían regalado una navidad los Acebo a sus padres. Y nada más. El resto eran las paredes blancas, el suelo y el techo de madera, un armario que compartían las tres niñas y ningún espejo.

La que iba a ser su habitación a partir de ahora era, exactamente, todo lo contrario. No había sitio en el que cupiera algo más. Alargó sus dedos y comenzó a acariciar las estanterías, el poco papel de la pared que quedaba sin tapar era azul con rayas beige, también lo tocó. Le apetecía leerlo todo, abrirlo todo, oler... No, no tenía miedo. Lo que le nació allí mismo, en esos primeros minutos de su nueva vida, fue una curiosidad infinita.

A lo mejor sí que era un poco como una de esas mujeres aventureras que salen en los libros de la Linares. En *Esta semana me llamo Cleopatra* la protagonista acaba leyendo el futuro, sin ser ella bruja ni nada, en la casa de Madrid de una antigua vecina del pueblo que se dedica a la extravagante labor. La trama incluye, por supuesto, una gran historia de amor que acaba bien, claro.

Gloria le daba vueltas a Cleopatra mientras caminaba por la habitación de nuevo. La historia de la chica convertida en pitonisa le gustaba mucho. En su deambular paró frente al espejo, que sí había, de su mesita de noche. Se miró fijamente a los ojos. Tenía el pelo suelto y eso también era raro en ella.

Era una pena que el trabajo de la Roca no fuera el arte de la adivinación para emular a la protagonista de su novela favorita. Porque por parte de madre todo el mundo sabía que las Montes tenían ese don. Todas las mujeres de la familia de Severina, a las que conocían como las Fariña porque lucían un mechón de pelo blanco sobre la frente que parecía una mancha de harina, lo tenían. Pero ni la mujer ni las hijas de Montes podían llevar a cabo esas prácticas «dignas del mismísimo demonio». Esa labor estaba reservada para «las otras», como se refería Avelino a sus cuñadas.

Al paisano le habría dado un síncope, o las habría matado directamente, si supiera que hubo un tiempo en que Severina anduvo ejerciendo de oráculo de la Calle'l Ratu.

Siempre había alguna vecina que, conocedora del poder, no quería desaprovechar la oportunidad de tener cerca a una Fariña e insistía.

—No te cuesta nada, mujer, te vienes con las guajas, que jueguen con las mías, tomamos una achicoria y te vas pa tu casa. Yo te doy el dinero y lo guardas en el San Pancracio como facemos toes.

Severina, aunque al principio se hacía de rogar, cogía la baraja de cartas que tenía escondida en una viga del desván, la toquilla, las madreñas, a las tres nenas y se acercaba a la casa de alguna vecina preocupada porque su hijo no se casaba o porque su marido llegaba todas las noches oliendo a perfume caro.

Lo cierto era que la «clienta» sabía de sobra lo que tenía en casa. Pero la confirmación de la implacable Severina le aportaba un motivo para soltar, al fin, la rabia contenida por el sistemático desprecio al que la sometía su marido desde que pariera al tercero y su figura dejara de ser la de la joven con la que se casó. «¡Qué rediós! Tampoco él ye el mismu, que cuando yo lu conocí tenía unos rizos como caracoles...».

La especialidad de la Fariña como vidente eran las infidelidades. No se le escapaba ni una. Y aunque era muy discreta con los datos que aportaba, cuando lo tenía claro sentenciaba: «Hay otra mujer».

Gloria lo sabía porque la había acompañado muchas veces. Su labor era no molestar y que ni sus hermanas pequeñas ni ningún guaje en veinte metros a la redonda importunara a las mujeres por tonterías. Si era verano, se solían quedar en la calle. Si llovía iban dentro, pero «punto en boca, vosotros a lo vuestro»... Por supuesto, a su padre ni mencionarle lo que habían hecho ni dónde habían estado esa tarde.

Severina lo dejó porque cuando su fama destapando cuernos llegó a El Entrego una mujer la paró en el mercado semanal para solicitar sus servicios y pedir precios, estaba dispuesta a pagar lo que fuera. Avelino, que en un principio no se dio cuenta y siguió caminando, paró al no sentirla a su lado. Miró para atrás y chistó ordenándole que lo siguiera. Ella se puso nerviosa y marchó sin despedirse de la mujer que le pedía ayuda. Tuvo un miedo atroz a que el hombre la descubriera.

—¿Quién era esa mujer y qué te dijo? ¿La conoces de misa? Yo no me doy cuenta. No la conozco de nada, ¿por qué te tien que parar?... —indagó el hombre un buen rato. Pero la mujer no le dio bola y pronto se olvidó del episodio. Era tan temeroso... Si se enteraba de que la mayoría de los últimos escándalos entre familias del barrio se debían a sus adivinaciones, a su baraja de cartas escondida tras la viga, la mataba. Vivir con Avelino significaba entonces (siempre fue así) estar pendiente de sus reacciones, de sus enfados, de los miedos que le atenazaban y que siempre, siempre, acababan por perjudicarlas a ella y a las niñas. Y podían llegar en cualquier momento.

Así que decidió parar y no sucumbir nunca más a los ruegos de sus vecinas para que les confirmara evidencias. Además la peana de San Pancracio ya estaba llena de pesetas por si había una urgencia.

Sí, era una pena que la Roca no fuera pitonisa, porque aunque Gloria nunca había ejercido, sabía que tenía el don Fariña. En su caso no veía el futuro, ni confirmaba amantes... Lo que le aparecía en la mente eran sensaciones, y para ser sincera, no siempre... Ocurría en contadas ocasiones y cuando la joven estaba muy concentrada. Una vez visitó a su abuelo paterno, que se curaba de una neumonía en cama. Apoyada en el armario del fondo de la habitación observó en silencio cómo su abuela y sus tías rezaban el rosario junto al viejo. Todos estaban contentos, parecía estar recuperándose. Al volver a casa le preguntó a su padre.

—Padre, ¿a usted también le olió a azufre?

—No digas tonteríes.

—¿Pero le olió sí o no?

—A azufre güeles tú, que yes el mismísimo demonio siempre con tanta pregunta.

Ella no dijo nada más, pero supo que esa misma noche el hombre moriría. Así fue.

Otra vez y mientras miraba fijamente a doña Estrella en el encerado explicando las oraciones subordinadas, sintió un dolor muy fuerte en el tobillo izquierdo. Le tenía algo de miedo a la maestra porque pegaba unos pescozones con los nudillos que las dejaba tiesas, así que no se atrevió a advertirla de ello de palabra. Dejó una nota manuscrita anónima sobre la mesa al marchar. Procurando que la letra no se pareciera nada a la suya, escribió: «Cuide el pie». Cuatro días después, doña Estrella tropezó en las escaleras de la escuela y se rompió el tobillo. Pero sus gritos no fueron de dolor. En todo el colegio solo se la escuchaba decir: «¡Maldición! ¡Maldición! ¡Estoy maldita! Me han echado mal de ojo». La mujer, sin que lo supiera nada más que su hermana, fue a pasar el agua a una señora de La Güeria que limpiaba a los agüeyaos. Durante varias generaciones en las escuelas nacionales de El Entrego se jugó en el patio a «Maldición», que consistía básicamente en que no te pillaran.

Cuando la docente regresó a dar clase tras su baja por la «patachula», nunca se dio por aludida al escuchar «¡Maldición! ¡Maldición!» por los pasillos, pero odiaba tanto el tono de las niñas que siempre caía algún coscorrón.

Así que sí, Gloria veía muertes y caídas ajenas, pero sus instintos no la advertían nunca del daño, del dolor que ella misma iba a padecer. Abrió de nuevo la ventana. Aspiró.

Olía a una de esas tardes en las que no corre el aire y el humo de las chimeneas se queda de paseo por Santana. Madrid estaba a sus pies y ni siquiera sabía por dónde empezar.

Dos golpes en la puerta la hicieron levantarse de un brinco de la cama. Era Liber. Traía un montón de ropa en un solo abrazo que abrió sobre la cama.

—Perdón... Vi luz y... Me pareció ver que no tenías mucho equipaje, así que aquí tienes. Ponte lo que consideres. Esto es un camisón... —dijo lanzándole a la cara un trozo de tela llena de margaritas gigantes.

—¿Esto?... —respondió ella mientras levantaba el pijama y sonreía.

La mujer le explicó que un par de veces a la semana venía a la casa una señora a limpiar y que justo le tocaba al día siguiente.

—Se llama Luisa, es la mujer de Antonio, el portero. Aunque bueno, ya te contaremos... Estamos convencidos de que son la misma persona porque nunca los vemos juntos. Pídele las llaves a alguno de ellos, tienen dos juegos...

Gloria la interrumpió.

—Pero en casa puedo limpiar yo.

—Ah, no, tú por eso despreocúpate, para ti tengo otro trabajo... Mucho más interesante. Eres una guaja lista, y me encantan las guajas listas. Vete acomodándote. En unos días te cuento para qué te necesito...

—Muches gracies, Roca. No sé ni qué decir... —respondió la joven titubeando.

La mujer se acercó y le dio un beso en la frente.

—No tienes que decir nada. Se trata de dar tira... ¿No fue lo que nos enseñaron? Además, las madrinas estamos para eso.

Antes de que Liber traspasara el quicio de la puerta, Montes apostilló:

—¿Porque qué-y dais dos llaves a los de la portería si, según vosotros, son la misma persona?

—¿Ves? ¡Una guaja lista! Eres perfecta para el trabajo que te tengo pensado. En unos días te cuento...

Cuando volvió a quedarse sola en la habitación, una nueva congoja inundó a la joven. Temía no estar a la altura de lo que esa mujer que la había llevado a su casa sin hacer muchas preguntas esperaba de ella. Se acordó de las hojas que había cogido en La Franca, que traían el membrete del hotel y en las que ya había comenzado a escribir la carta a Pilar y a Turno. Las sacó para seguir. No tardó en terminar. En realidad, pensó, tenía claro que la modista no le iba a pedir muchas explicaciones. Mientras ella estuviera bien, seguro que a Pilar le parecía buena idea. «Solo te pido una cosa, si ves a mi hermana Aurora, la pequeña, ¿te das cuenta?, dile que estoy bien, por favor, y que las quiero mucho, que no le digan nada a padre y que se cuiden. Tiene que estar Aurora sola. Rosina, la pobre, es capaz de empezar a gritar si te oye».

Se prometió a sí misma escribirles a menudo. Años más tarde supo que la modista y el médico quedaban de madrugada, en la cocina del taller donde tantas veces ella los había visto acurrucados, para leer sus cartas y responderle. Acompañaban la lectura con una copina de orujo que le había regalado a Turno un minero, tras asistir a un parto de gemelos en el que casi no lo cuenta ninguno de los tres. También supo entonces que Aurorina había llorado de alegría y gritado «¡Lo sabía!» cuando Pilar le dio los recuerdos.

Se tumbó en la cama acariciando las sábanas que Liber le había puesto al lado para lo que sería su lugar de descanso en los próximos... No era capaz de añadir una palabra a esa frase. ¿Meses? ¿Años?

Hasta ahora Gloria no había tenido ninguna meta en la vida salvo, quizás, sobrevivir resignada, si es que eso es alguna meta. Pero allí, en aquella habitación de paredes empapeladas con franjas azules y beige, tapiadas casi por completo por estanterías con libros, informes, fotografías, carteles y toda clase de panfletos, le picaba la curiosidad y por primera vez tenía una ilusión. Quería saber qué era ese trabajo tan especial que le tenía reservado la Roca. Y se durmió.

Gloria no recordaba haber visto el sol durante tanto tiempo seguido en toda su vida. Las contraventanas de su habitación no cerraban por completo y cada mañana la luz inundaba la estancia, sin pudor, desde primera hora. Ella, que odiaba la claridad para dormir, se despertaba con los primeros rayos. Así que después de cuatro días en Madrid, estaba en disposición de asegurar que una de las tres cosas que más echaba en falta de Santana era la habitación sin ventanas que compartía con sus hermanas pequeñas. Las otras dos prefería no pensarlas porque le provocaba una tristeza atroz.

No había forma de colocar el sofá de tal manera que la claridad madrileña no le diera en la cara. Y nunca amanecía nublado, según parecía.

—¿Aquí nun llueve nunca? —le preguntó a Luisa mientras la mujer planchaba las camisas de Gallardo.

—Nasti...

Le hacía gracia el acento de la vieja, tenía un punto de chulería. Nada que ver con el de los Acebo, las únicas personas hasta ese momento que ella conocía y que vivían en Madrid. El de la rica familia de Santana, heredera de unos cuantos terruños de los que llevaban años sacando dinero gracias a las concesiones que vendían a empresarios extranjeros y al carbón que sacaban otros mucho más pobres, era un acento más fino, como engolado.

Cuando era guaja pensaba que los Acebo eran las personas que mejor hablaban del mundo. No como los demás del valle, que según sor María Amor, la monja que daba el catecismo a los guajes de la zona, «parece que tenéis castañas en la boca, no se os entiende nada... ¡Qué soez!».

La sor era de Valladolid y en realidad mucho catecismo no les dio. Más bien coscorrones. De esos sí, de esos caían unos cuantos. Si se les escapaba, por ejemplo, la palabra «guaje», tenían que escribir mil veces algún castigo que se les imponía en una pizarra que habían colocado en los bajos de la casa pastoral. Cualquier palabra que la monja considerara ajena al castellano era, en realidad, punible.

Y Gloria era, de largo, una de las más castigadas. «Yo no hablo mal, hablo así», osó responderle una tarde a la monja. No se lo dijo con tono respondón ni nada, pero la mujer le dio con los nudillos un golpe tan fuerte en los hombros que la tumbó. Tampoco la dejó llorar. El resto de guajes que lo vieron se asustaron, pero no por la hostia, a esas estaban acostumbradas. Lo que les causó pavor fue la cara de sor María Amor, a la que la rabia le brotaba en forma de espuma que se instalaba en la comisura de sus labios y allí se secaba como si fuera bilis.

Con once años ocurrió algo que la joven Montes nunca contó a nadie, solo al cura en secreto de confesión. Y lo hizo porque el confesor no era don Salustiano, que se había ido de retiro, era don Enrique, un chaval de Gijón al que el Arzobispado no iba a poner ninguna pega en unos meses para marcharse como misionero a América, que era la única razón por la que él había tomado los hábitos.

—Ave María Purísima.

—Sin pecado concebida... ¿Qué te aflige, hija?

—Don Enrique... ¿Ver a alguien robar ye pecao?

El ventanuco del confesionario se abrió y el hombre salió para pedirle a la niña que se levantara del reclinatorio.

—Vamos a dar un paseo, que está la tarde muy guapa...

Caminando junto a las vías que subían y bajaban carbón sin cesar, la nena acabó cantándole al sacerdote que había visto a sor María Amor robar del cepillo de la iglesia. Ella, que como castigo por decir «faltosu» tuvo que ayudar a preparar la misa durante cuatro domingos y pasar la cesta de las limosnas, al entregarle la recaudación pilló a la monja escogiendo los billetes de entre las pesetas. Los guardó en el bolsillo de la chaqueta azul de lana que traía siempre, así hiciera el mayor de los calores, y metió el resto del dinero, como siempre, en la bolsa que le daba al párroco.

—Y encima, don Enrique, les pesetes, perdón, pesetas, eran para el Domund, para los guajes, perdón, niños pobres de África... Ellos lo necesitan más, yo pienso...

—Estate tranquila, Gloria. Para empezar, no, no es pecado ver que otro comete un delito... Hiciste muy bien en decírmelo. No te preocupes, hablaré con ella.

—¿Vas a echarla? —le resultaba raro tutear a un cura, pero se lo había pedido.

Reprimiendo una carcajada él respondió:

—Bueno, eso no está en mis manos, tendrá que decidirlo el capataz, no yo... —apuntó al cielo con un dedo.

—¿Dios?

—Por ejemplo...Hablaré con ella.

—¿Y les pesetes, perdón, pesetas, de los guajes, perdón, niños, pobres del África?

—Yo meteré les pesetes... Seguro que sor María Amor iba a dármelas igual y no quería que se perdieran...

Ni pesetes, ni pesetas. «Leandras» llamaba al dinero Luisa en aquel piso de Madrid de techos eternos. Gloria tardó en averiguarlo dos gritos: «A ver, niña, ¡que pareces tonta!».

—Coge unas leandras y anda a comprar el pan donde la Sole. No tardes. Y ya sabes el caminito, no te pierdas por sitios extraños como la otra tarde, que menudo susto le distes a mi Antonio y por ende a mí... ¡Menudo susto!

«La tarde del susto», como empezó a denominarse al episodio vivido por la chavala en su primer paseo en solitario por Madrid, no había sido, en realidad, muy lejos de la calle San Bernardo donde vivían. Un poco más arriba, de hecho, ya en Callao.

Gloria estuvo caminando sin dejar de mirar al cielo, fascinada por las carteleras de los cines. «La muerte tenía un precio», decía una cartelera gigante en la que alguien había dibujado a un Clint Eastwood algo bizco. Un cartel más modesto rezaba: «Al final de la escapada». Tal parecía que aquellos títulos podían explicar la vida de la chica en esos días. Pero fue el tercero de los letreros, el del Cine Avenida, el que la hizo reír. «La ciudad no es para mí», apuntaba. ¿Sería verdad?

Del cielo y las fachadas madrileñas pasó su mirada al suelo cuando sintió taconear a su lado. Siguió los pasos que causaban el ruido hasta una callejuela más oscura que el resto. El pasadizo parecía rodear el edificio. No paró porque la oscuridad no era algo que asustara a una Montes, como ya sabemos.

Entró en la calle caminando embobada y no tanto por los zapatos que producían el taconeo como por la mujer que los llevaba enfundada en un abrigo de visón bajo el cual se intuía poca ropa. Tenía el pelo cortado y los ojos pintados como Elizabeth Taylor en la película *Cleopatra* que Gloria había ido a ver, a escondidas de su padre, al Cine Colón, porque... ¿Cómo se iba a perder ella algo que se llamara *Cleopatra*?

Ella no era tonta y sabía a lo que se dedicaba esa mujer a la que ahora seguía casi de una manera inconsciente. En El Entrego había cines y también putas... Eso sí, las de allá no se parecían a las estrellas de Hollywood.

La siguió hasta un portón que se abrió antes de que llegaran a su lado y del que salieron no menos de veinte mujeres vestidas como Cleopatra. Todas iguales. Como si fuera un sueño. Saludaron con gracia a la que llegaba y allí mismo se pusieron a fumar.

No sabía si la ciudad sería o no para ella, pero desde luego parecía mucho más entretenida que las tardes en Santana. Las observó durante un rato sin disimulo y sin pestañear, estaba tan cerca de ellas que llegaba a escuchar sus voces, a distinguir sus conversaciones.

—¿Quieres? ¿O solo estás ahí para mirar? —le dijo una de las chavalas ofreciéndole un cigarrillo.

Definitivamente no eran como las meretrices del bar que estaba junto al pozu y en el que los guajes de Santana tenían prohibido entrar.

—No... —respondió lacónica mientras observaba la uniformidad de la indumentaria, escasa, y la exuberancia de los plumones y sortijas que lucían por diademas.

—¿Pero qué miras, niña? ¿Te quieres unir a la compañía? Porque vas a tener que crecer un poco...

—¿La compañía?

Gloria solo conocía una «compañía» y era la empresa que desde hacía décadas sacaba el carbón de su valle. Y ninguno de los mineros que allí trabajaban tenía esas pintas ni tan poca ropa, aunque estaba segura de que la gran mayoría de ellos la estaría envidiando si la vieran por una rendija junto a semejantes mujeronas.

—¡Venga! Ya está bien de darle a la húmeda...¡A ensayar! —gritó un hombre desde la puerta de la que habían salido las reinas egipcias.

«¡Ah, vale! ¡Era ese tipo de compañía!», pensó.

Las bailarinas, incluso la que segundos antes la estaba interpelando, entraron corriendo en lo que la joven Montes pensó que era un teatro pero resultó ser una sala de fiestas. Le sorprendió constatar que algunas de las Cleopatras eran, en realidad, hombres que reían a mandíbula batiente con los labios pintados, relleno en el pecho para simular tetas y con una cintura de avispa que para sí quisiera «la Taylor».

Le vino a la cabeza Fito, su compañero de camioneta en un viaje al exilio en Bélgica que nunca llegó... Se lo imaginaba en París bailando a todas horas. Solo esperaba que con las «leandras» francesas que había heredado súbitamente de ella se hubiera comprado colgantes, plumones y lentejuelas como las de las bailarinas del Pasapoga.

—Ehhhhhh... ¡Sal de ahí! —una voz de hombre aguda se dirigió a ella.

—Niña, creo que ese chorvo te habla a ti...

Al darse la vuelta vio a Antonio, el portero, corriendo con sus pequeñas piernas (una más que la otra, por cierto) hacia ella. Llegó asfixiado.

—¿Estás loca, chiquilla? Juntarte con lo peor de Madrid.

Una de las bailarinas, la última que quedaba por entrar, escuchó las palabras del hombre y se paró en seco.

—Oiga, un respeto... ¡Lo peor será usté! —Sus gritos llamaron la atención de las que ya estaban dentro y todas volvieron a apelotonarse junto a la puerta.

—Sí, lo peor. Lo digo y lo repito. No tienen vergüenza... ¡Que la mismísima Virgen de la Atocha os ampare!

—¡Que nos deje en paz, pesao! —gritó otra.

Para cuando Gloria se dio cuenta, el altercado había llamado la atención de dos agentes de policía que acudieron a disolver el entuerto y acompañaron al portero y a la «joven de provincias» hasta la calle San Bernardo número 4. A mitad de trayecto preguntó la hora solo para calcular, más o menos, y volver otro día en el momento en que «la compañía» parecía tener un breve descanso de los ensayos. Eran, más o menos, las cinco de la tarde.

El día que Luisa la mandó a por el pan y le advirtió que nada de ir a «sitios raros», debía de ser sobre la una de la tarde. Así que en el Pasapoga todo estaría aún a ralentí.

Mientras planchaba las camisas de Eduardo, la mujer del portero, o tal vez el propio portero si finalmente resultaban ser la misma persona (porque días después de su llegada tampoco Gloria había conseguido reunir en el mismo espacio-tiempo al matrimonio), estaba cocinando unos garbanzos. «Es que al señor Eduardo le encantan y ya que hoy viene a comer..., que el pobre nunca viene. Trabaja tanto...», repetía mientras metía la cuchara dentro de la olla para probar el caldo y añadía: «Es tan listo. Menudo lujo tenerlo de inquilino y jefe. Cuando le dije a Antonio que le instalaban al señor un teléfono, no me creía. Y encima nos deja usarlo. Como en las casas de ricos. Teléfono y todo. Si es que Eduardito es el mejor». El periodista, con «señor» y diminutivo en la misma frase, era el preferido de Luisa en aquel edificio sin ningún disimulo, y de todos en realidad. No era de extrañar, pensó Gloria.

Era simpático y listo, siempre tenía detalles inesperados y, lo que más le llamó la atención en casa, trataba a Libertad como si además de su amor fuera su amiga, no su esposa. Algo que ella nunca había visto en un hombre. Y menos aún que cocinara. Él se encargaba de hacer la cena todas las noches si andaba por casa. Mientras ellas escuchaban la radio o leían el periódico. La primera vez que ocurrió, la chavala miró primero a uno y luego al otro, esperando ver alguna reacción que le aclarara si aquello de trataba de una broma o qué demonios era.

—Cocinero, cocinero, enciende bien la candela, / y prepara con esmero un arroz con habichuelas. / Cocinero, cocinero, aprovecha la ocasión, / que el futuro es muy oscuro, que el futuro es muy oscuro, ay, / trabajando en el carbón —cantaba Eduardo.

Y Libertad, sin mirarle, respondía:

—¡Ay, Gallardo, si tuvieras que bajar tú a la mina...! No íbamos a tener pa comer...

Lejos de enfadarse por la afrenta, el hombre acudía a su lado riéndose, con un vino en la mano.

—¿No crees que yo te gustaría más si tuviera músculos de picaor, como tú dices?

—Es imposible que me gustes más, Gallardo...

Y él les dedicaba la sonrisa más amplia que Gloria le había visto nunca a nadie. Aunque pasaba muchas horas fuera de casa, cuando volvía la ocupaba en todo su esplendor. Hablaba sin parar y siempre contaba historias fascinantes de perros muertos por alguna especie de rito satánico en el Parque del Retiro justo en el momento en que los nietos de Franco paseaban por la zona.

—Y se montó un pollo que parecía la guerra... porque uno de los niños lo había visto.

O la que se estaba liando en una empresa de Vizcaya porque llevaban varios días en huelga.

—Esos son capaces de quemarlo todo, como los mineros de tu pueblo, mi Roca —decía.

Las cenas las hacía Eduardo y las comidas, al parecer, Luisa, la portera, que mientras «xingaba» los garbanzos y después de un silencio de varios minutos que hizo a Gloria pensar que algo le pasaba por la cabeza a la vieja, dijo:

—Menuda suerte que tienes, eh...

Gloria se señaló a sí misma. La verdad, y teniendo en cuenta los acontecimientos de las últimas semanas, podía decir que suerte sí había tenido, desigual, pero suerte al fin. Aunque no acababa de entender el reproche.

—Sí, suerte, no me mires con esa cara. Aquí todas las chiquillas que vienen de fuera se ponen a servir y tú... ¿Tú no tienes pensado trabajar o qué? ¿Acaso eres marquesa? Tengo yo una conocida que le busca casa a las muchachas como tú para ir de internas. Supongo que sabrás planchar, coser, cocinar o algo, ¿no?

El interrogatorio fue interrumpido por Liber, que llegó en ese momento a casa. Se había cortado el pelo aún más y de repente parecía mayor. Llevaba un abrigo de tweed verde con unos botones gigantes en negro que no le pasó desapercibido a la joven Montes. La mujer lo notó:

—Te lo dejo cuando quieras...

—Sí, ho...

—Y por cierto, Luisa, Gloria no va a trabajar de interna en ninguna casa y no por nada, que es un trabajo muy honrado. Yo misma, usted lo sabe, fui muchos meses a planchar a Princesa a un par de casas, con lo que lo odio. Pero es que tengo otros planes para ella..., que para eso es mi ahijada... —dijo mientras guiñaba el ojo a la joven, y concluyó—: Muchas gracias, Luisa, puede irse, si quiere. Ya preparamos nosotras la mesa. No hace falta que planche más camisas, si las necesita que las planche él... —sentenció Liber de corrido.

La vieja se persignó, como si hubiera escuchado al mismísimo demonio hablar. Daba la sensación de que Roca disfrutaba provocándola.

Cuando por fin quedaron a solas, Gloria hizo varias veces el ademán de hablar con Liber, pero no se atrevía a preguntarle nada. Lo que más le preocupaba, porque en la vida había que poner prioridades, ya no era, como la primera noche, saber si iba a estar a la altura de lo que le tenían reservado. Más bien si iba a cobrar por ello, porque en aquella ciudad el dinero volaba. Y mira que ella era miradora. Que todavía tenía las pesetas, casi todas, que le había dado el doctor Vieira. Pero estaba claro que se iban a acabar y ella tampoco quería ser una mantenida, el duro que le había dejado su amiga sobre la mesa ni lo había tocado. Igual no era mal asunto ponerse a trabajar de interna.

A ver, que si lo pensaba... Tampoco podía exigir mucho y quizás lo que menos un sueldo. Al fin y al cabo la habían acogido en su casa sin hacer preguntas y tenía lo imprescindible: un techo, comida y, lo más importante, la tranquilidad de estar en una casa donde no saltaban chispas, hostias o cismas a la mínima de cambio, por cualquier frase dicha a destiempo, cualquier cosa mal colocada o el simple hecho de vivir. No se atrevió a abrir la boca.

Cuando por fin llegó Eduardo, los tres se sentaron a la mesa con la prisa que da el hambre. Gloria estaba tan nerviosa que confesó su primer pecado madrileño...

—Conocí a unas bailarinas el otro día en un callejón. Ahí arriba... Iban vestidas de Cleopatra. Todas... había muchísima... ¡Me encantaría ser Cleopatra!

—¡Sí que vais rápido las asturianas, sí! —comentó el periodista.

Libertad hizo como si no lo escuchara.

—¿Allá arriba? ¿Cerca de Callao? Son las chicas del Pasapoga. Encantadoras... Pues hay una que es de La Güeria Carrocera, aunque me temo que en El Entrego ya no la conozca nadie, más que nada porque cuando salió de allí se llamaba Valentín y había sido monaguillo... La conocí una noche volviendo a casa por un cagamento inconfundible que le oí decir al rompérsele el tacón de un zapato. Fue tan puro que tenía claro que era de allí...

—A mí me cayeron bien, la verdad. Pero Antonio me dijo que...

Eduardo no la dejé terminar.

—¡Ay! A ese no le hagas ni caso, todo lo que tiene de pequeño, lo tiene de veneno. Además es un meapilas... Me acaba de parar en el portal para hacerme preguntas del teléfono. Que ya no sé las veces que me dio las gracias. Que si puede usarlo para llamar al pueblo, que al parecer han puesto teléfono y tiene a su hermana enferma. No sé qué líos me ha contao... Ya le dije que ver veríamos, a ver si se va a convertir este teléfono en la casa de Tócame Roque. El teléfono es para mi trabajo, que si no yo ni lo pongo.

Liber, que servía los platos con pote de garbanzos, frenó.

—¿Cómo que para tu trabajo? Habrá que compartir como buenos hermanos, ¿no...? En la salud y en la enfermedad, en la riqueza y en la pobreza, con teléfono y sin él... ¿No te acuerdas?

—Pero si no nos casó un cura... ¿Cómo me voy a acordar de eso?

—Es verdad, que a los ojos de Dios vivimos en pecado... —señaló coqueta.

—Y como tú dices a veces, ¿habralo más guapo? Ay, mi Rosa Luxemburgo asturiana, ven p'acá... —dijo Gallardo agarrando por la cintura a la Roca, que pese a tener un plato lleno de cocido en la mano no tiró ni un solo garbanzo.

Mientras esperaba a que aquellos dos acabaran su sesión de arrumacos, Gloria apuntó en su cabeza que tenía que leer, o al menos hojear, un libro que había en su habitación y que citaba en el título el nombre exacto de la mujer que acababa de mencionar Eduardo: Rosa Luxemburgo. El nombre de una flor y el nombre de un país. Le pareció curioso.

Con el café ya sobre la mesa, fue Eduardo el que preguntó sobre el trabajo de Gloria. Estaba bien que alguien sacara el tema.

—No es tan complicado, aunque supongo que se irá complicando. Se trata de revisar unas carpetas y clasificarlas... En unos días empezamos, ahora tiene que descansar, conocer la ciudad... Además, no corre prisa. En realidad ya nada corre prisa de todo eso...

Eduardo levantó las cejas y sonrió.

—¿No nos vas a contar nada más, verdad?

—¿A un periodista? ¡Ni loca!

Los tres se rieron. Sí, incluida Gloria, que aunque no lograba entender la mayoría de las cosas que pasaban a su alrededor, se sentía feliz por primera vez en mucho tiempo. Obviaba volver con su pensamiento a las nubes negras, a la cuadra de las cabras donde se le había desparramado la leche tras el golpe certero de la bota de su primo, a la cabaña de Cancio donde pensó que se moría o a la habitación del taller de Pilar, la modista, en la que tantas veces valoró que quizás lo mejor que podía haberle pasado era morirse. Ni siquiera quiso volver al momento en el que Pilar la fue a despedir a El Berrón, donde la recogió la camioneta que la iba a llevar lejos del mundo que ella conocía. La misma furgoneta en la que subió también Fito. Hasta ese momento no había pensado en la confesión que le hizo el chaval a pie de playa: «Yo sé tu secreto...». En voz alta dijo: «No es un secreto, es un pasado».

Ahora ya no se quería morir. Aunque solo fuera por volver a ver a decenas de Cleopatras juntas.

Liber le había dicho que caminara por toda la Gran Vía hasta Cibeles y que allí, junto a la boca de metro del Banco de España, la esperara a eso de las seis. El paseo le llevó un rato, sobre todo porque a cada paso encontraba algo en lo que reparar. Cuando por fin divisó a la diosa, atardecía y el cielo, teñido de rojo y violeta, la emocionó. Nunca había visto nada igual. Se sintió como Charlie y Rose en *La reina de África* cuando por fin avistaron el Lago Victoria. Esa película sí la había podido ver Gloria. Fue en el Cine Colón un día que su padre se había ausentado por un compromiso familiar que lo llevó de viaje hasta Gijón.

Ella sabía que el paisano iba a volver tarde, seguramente de noche, y se coló en la fila de la taquilla mientras escuchaba a unos chavales quejarse de que la película de esa tarde era vieja y aburrida:

—Va de una monja y un borracho, la ponen todos los años.

A Gloria no le pareció tan simple la explicación una vez conoció la historia. Le gustaba la valentía y determinación de Rose. Y aunque los hombres como Charlie, con tendencia a la borrachera, no le llamaban especialmente la atención, habida cuenta de que conocía a unos cuantos y eran tremendas piezas, la ternura de Bogart la había cautivado y hasta soñó con que sus brazos la rodearan.

La reina de África reconcilió a Gloria con el séptimo arte, porque la última vez que había ido al cine no le había gustado nada. Fue para ver, obligada como todas sus compañeras del colegio y en realidad de todos los colegios y escuelas de la cuenca, la película *Franco, ese hombre*. Esa vez sí que tenía el permiso de su padre para ir al Cine Colón. Avelino se mostró, de hecho, muy orgulloso de que sus hijas fueran espectadoras del filme que ensalzaba las bondades del Caudillo.

—Gracias al él vivimos en paz... Esto es así, pónganse como se pongan estos... —solía farfullar en la cocina sin que nadie le preguntara y sin mencionar explícitamente, en ningún momento, el nombre de Franco. Lo hacía como para autoconvencerse de que estaba en el lado correcto—. Claro que vais a ver esa película sobre el Caudillo y aprenderéis lo que es bueno... —insistía el hombre, que recordaba la primavera de tan solo un par de años antes, cuando todo el valle había vivido un infierno.

En esos meses, aciagos para el padre de Gloria, los tumultos en las calles de El Entrego no se formaban a la puerta del Cine Colón para ver, aunque fuera repetida, la película que le apetecía a Sierra, el paisano que llevaba la sala. No. Más bien, de hecho, el bullicio era en el resto del pueblo, cerca del pozu, en los talleres de Santana y hasta en la iglesia de San Andrés. Duró tanto tiempo el alboroto que tan solo unas semanas después de que arrancara ya se conocía a esa primavera como «la de la Huelgona». Una palabra cuya simple mención hacían temblar a Montes.

Fueron meses tan duros... Y a él nadie lo entendió. Lo único que quería es que todo estuviera en paz, que se guardaran las armas, los cartuchos de dinamita, las broncas...

Los mineros le miraban con asco. Las vecinas dejaron de hablarle. Una de ellas, a la puerta del pozu, en uno de los días que el paisano fue a trabajar pese a la huelga, lo agarró por el cuello de la camisa.

—Eres un mierda, Velino. Y peor que eso... Eres muy mal compañeru. Y eso no se perdona nunca...

Aguantó tres semanas largas de esquirol, hasta que Severina una noche en la cama, antes de apagar el candil y sin mirarle, le dijo:

—Mañana no vas al pozu.

—Pero...

La luz se apagó. No dijo ni una sola palabra. Y al día siguiente no fue a trabajar. Ni pisó el chigre en los siguientes días, largos días, de aquella huelga. Una tarde, mientras picaba leña en la parte de atrás de su casa, vino a visitarlo el capataz. Se asustó mucho al verlo. Clavó el hacha con tanta fuerza en la madera que dos gatos que contemplaban la escena salieron corriendo. Miró a todos lados por si había alguien cerca. Por suerte, estaban solos.

—Mañana vienes al pozu. Tenemos una visita importante y hace falta un embarcador.

—Pero yo... —Avelino miró a la ventana de su casa donde, como imaginaba, Severina permanecía quieta, observándolos.

—Créeme si te digo que los cafres de tus compañeros van a agradecer que esa visita importante baje a María Luisa con ellos... Además, tampoco es que tengas otra opción. Eso sí, de esto chitón. Ni mu a nadie.

Y cumplió.

Salió temprano de casa, casi de noche. Hizo todo lo posible para no cruzarse con nadie en Santana de la que bajaba para el pozu. En la jaula, en una visita de la que apenas tenía conocimiento una veintena de personas, se juntaron cinco líderes de los huelguistas, ninguno perteneciente al Sindicato Vertical, tal y como observó de reojo Montes, y un séquito de hombres que no habían puesto una funda de trabajo en su vida. Alguno hasta llevaba debajo la corbata.

—Hay que ser garrulos... —comentaron después los otros en la casa de aseos—. Pero si hasta arreglen les uñes como la mi Toñi...

Dos días después de aquella bajada secreta a la Capa Vieja, los mineros volvieron a trabajar con un aumento considerable de la paga y la puesta en libertad de los detenidos.

En el trayecto hacia el centro de la tierra, el resto de compañeros ignoró su presencia. Y eso para él fue un respiro, porque lo contrario habría sido la burla o la rabia. Que nadie le mirara era lo mejor que le podía pasar.

Tardó unos días en saber que uno de los de las corbatas era el ministro Solís, secretario general del Movimiento, que había ido en persona a desconvocar una huelga cuyos ecos ya empezaban a notarse en Barcelona, en Bilbao, en Valencia y, lo que era peor, estaban dejando a España en muy mal lugar frente a las potencias extranjeras que empezaban a invertir en el país, para las que el hecho de que fuera una dictadura fascista ya no parecía ser un problema, siempre y cuando no se notara mucho. Los empresarios europeos y, sobre todo, americanos, pensaban más o menos lo mismo que Avelino Montes.

—Franco atiende a las familias, nos da de comer y paz..., que ya es más de lo que nos dieron otros... —volvía a repetir en alguna cena a su familia.

A pesar de lo que decía, en el fondo, el padre de Gloria sabía que lo poco o lo mucho que habían conseguido tras la huelga se había logrado gracias a la presión de no ir a trabajar. Si paraban ellos, se paraba todo. En la jaula se lo escuchó decir a uno de los mineros:

—En dos semanas, Vizcaya se queda sin carbón... Y eso, usted lo sabe, no se lo puede permitir ni Franco ni su puta madre... —había gritado uno en el embarque. Por su acento andaluz, Velino sabía que era el Cordobés.

—A ver, paisano, un poco de respeto... —respondió Solís mientras intentaba adaptarse a aquella oscuridad rota por los fogonazos de los focos que llevaban en la cabeza.

—Mira, esto es así. En el suelo que pisas se murió mi padre el 14 de julio de hace ya trece años. Yo tenía doce y sí, soy tu paisano, de Peñarroya-Pueblo Nuevo, provincia de Córdoba, de donde me echaron los tuyos y la miseria. Y no voy a permitir que le hagáis lo mismo a mis hijos. Ni yo ni ninguno de estos... ¿Se entiende así?

Sesenta minutos estuvieron esperando el ministro y su séquito a que se acabara de mecanografiar el documento con las reivindicaciones de los mineros.

—Qué cabrones sois los mineros, fíjate que hacer esperar a un ministro una hora —dijo Solís sin quitar la sonrisa.

El padre de Gloria nunca contó en casa nada de aquella bajada a la Capa Vieja. Quiso hacer como que no había ocurrido.

En la mina, cuando volvió al embarque, los demás siguieron ignorándolo. Eso era lo que a él le gustaba. Pasar desapercibido y ser un grano de arena insignificante en medio del desierto.

Ninguna de esas cosas pudo hacer su hija en Madrid unos años después de aquel episodio de la historia de las cuencas mineras del que Avelino se negó a ser protagonista. Y eso que Gloria pensaba de ella misma que abultaba exactamente como un grano de arena en la gran ciudad y que nadie reparaba en ella. Pero en la arena no todo es lo que parece y eso se lo había enseñado el señor Acebo.

—En las playas del Cantábrico está formada principalmente de cuarzo, feldespatos y carbonatos, por eso su color es pardo, como el de la tierra. Y sin embargo en Canarias los tonos son grises, incluso negros, porque allí tienen volcanes y claro...

—¿Y en el Caribe, señor Acebo, de qué color es la arena? —le había interrumpido ella.

—Me alegra que me haga usted esa pregunta, señorita, porque allí es casi blanca. ¿Sabes por qué? Porque está compuesta por fragmentos de corales... Que son naranjas, rosas, rosas, y púrpuras...

Exactamente como el cielo de Madrid en el mismo instante en el que la joven Montes se acordaba de la arena del mar. Una voz que tenía que ver mucho con la del ingeniero la interpeló. Desde un coche negro y pronunciaron su nombre:

—¡Gloria! ¿Eres tú?

La joven se giró.

—¡Señorita Acebo!

—Ay, por favor... ¡Llámame Paula! Pero tú, ¿qué haces aquí tan lejos de Santana?

Paula Acebo se bajó del vehículo, conducido por un chófer, con una sonrisa honesta y una mirada de sorpresa que era incapaz de quitar.

Gloria recibió el abrazo de la joven heredera y allí mismo se enteró de que el lugar en el que estaban era el mismo en el que ella había quedado con una amiga.

—¡Qué casualidad! ¿Pero tú qué haces aquí? No me vas a contar nada. Mira que se me hace raro verte aquí, niña —añadió antes de abrazarla de nuevo.

Mientras hablaba, la joven Montes la miraba extrañada. Para ella también era raro ver a la pequeña de los Acebo fuera del lugar habitual de sus encuentros, la casona que la familia tenía en el trozo de ladera donde daba el último rayo de sol antes de ponerse.

Sus abuelos, dueños de casi toda la tierra de aquel valle angosto, habían vendido las fincas a unos franceses que cien años antes llegaron a las cuencas buscando carbón y, sobre todo, trabajadores que se conformaran con sueldos bajos. Pero se quedaron con la imponente casa desde la que se divisaban las aguas cristalinas (al principio lo eran) del arroyo de Villar. Nunca pudieron desprenderse de ese trozo de terruño que los había hecho ricos. Era como si sintieran que se lo debían todo.

Cuando las mulas, los carros, las vagonetas y, sobre todo, el fango comenzaron a poblar la escena, plantaron unos cipreses que ejercieron como barrera visual natural y también de muro infranqueable para el resto del pueblo. Los de la casona dejaron de mirar al pueblo, pero los de Santana seguían viendo el tejado del palacete. Todos sabían que ahí dentro se vivía otra vida diferente: la que da tener personas a tu servicio que lo hacen todo por ti, sin tener que lavar, planchar, cocinar. La que da saber que no hay que madrugar para ganarse el sustento, porque ya lo hacen otros por ti. Como mucho, tocaba mirar por lo ganado y no pasarse, como habían hecho otras familias burguesas del entorno.

Los Acebo eran apreciados en Santana porque siempre que subían desde Madrid a pasar una temporada, daban trabajo, pagaban bien y eran generosos con las propinas. El padre de Paula, en concreto, había sido uno de los pocos de toda su estirpe con amigos entre «el pueblo llano». Y todo por esa querencia suya desde pequeño a buscar piedras raras por las que pagaba buenas cantidades de dinero a los mineros. Él hubiera querido ser geólogo, pero tuvo que meterse a ingeniero por eso de seguir en el negocio familiar.

Cuando los Acebo subían a Asturias a pasar la temporada, contrataban sobre todo a mujeres de la zona. Y habida cuenta de la cantidad de ellas que había en la Calle'l Ratu, siempre eran bien recibidas esas semanas de su descanso, que solían ser en verano y navidad. Durante el tiempo que duraba su estancia allí, la familia tenía limpiadoras, planchadoras, costureras, cocineras... Todo mujeres. Solo un hombre en todo el servicio, el guardián de la casona, un señor entrado en años y carnes que vivía todo el año allí y que cuando se acercaba la visita de los jefes organizaba el cotarro. Hasta el punto de que parecía el dueño.

A las mozas les daba un asco terrible su simple presencia. Más de una y dos veces lo habían pillado mirándolas entre los árboles cuando lavaban en el río. Se tocaba, jadeaba sin pudor y antes de subirse la bragueta escupía en el suelo. A las únicas mujeres que respetaba era a las propias Acebo, a las que no osaba siquiera mirar a los ojos, siempre servil hasta un extremo humillante.

—Pero dime algo, ¿qué haces aquí? —repitió Paula a una ensimismada Gloria, que no sabía si le faltaban o le sobraban palabras que decirle a aquella chica a la que conocía desde que aprendió caminar y acompañaba a su madre a limpiar a la casona.

—No puede decirle a nadie que me vio, por favor, seño... Paula —señaló la joven a trompicones. Su cara se volvió pálida y hasta quiso sentir que le venía un vahído.

—¿Pero estás bien?

—Sí, sí...

Un coche pitó a su lado. Era el inconfundible Seat 600 verde de Liber que en una maniobra rápida aparcó delante del Hispano Suiza asustando al chófer. La Roca se acercó a ellas sonriendo...

—Cuántes muyeres de la Calle'l Ratu juntes en semejante escenario...

—Calla, por favor, Liber, aquí no que nos pueden oír... —suplicó la Acebo.

—¿Quién? ¿Tu novio el banquero?

—No empieces, Gerardo es un buen chico...

—Un buen muermo te diría yo, Paulita... ¡Y de la Falange, que manda cojones! ¿Qué? ¿Viste la sorpresa que te tenía? ¡Otro fichaje minero para Madrid! —dijo cogiendo del hombro a Gloria que, como casi siempre últimamente, no daba crédito a lo que sus ojos veían.

Resulta que aquellas dos llevaban siendo amigas en secreto toda la vida. Ese sí que era un chisme que nadie se iba a creer en Santana. Paula Acebo y Libertad Roca amigas. Inconcebible para varias generaciones de guajes del valle. Y sin embargo así era.

Todo empezó cuando una tarde Liber se coló en el jardín de los Acebo para devolver a su nido original unos huevos que había robado un niño minutos antes y al que pilló mientras ella rebuscaba en la escombrera a ver si aparecía algún fósil. Colocó en silencio el botín en el nido y cuando iba a trepar de nuevo el muro para dar el asunto por zanjado, una voz de hombre la interceptó. Era nada más y nada menos que el señor Acebo, que, con un periódico en la mano y la pipa en otra, la miraba con curiosidad.

—¿Tú eres la hija de Amaro Roca, no? —preguntó él sin mostrar ni el más mínimo enfado y mencionando el nombre completo del paisano, algo que poca gente se atrevía a hacer en Santana.

—Así es, señor... Le pido perdón porque...

—Tu padre y yo éramos amigos de pequeños... ¿Qué es eso que llevas en el bolsillo? —interrumpió.

La niña se tocó la falda y sacó una piedra larga, una lasca de carbón. Con delicadeza se la mostró.

—Es el fósil de un felechu...

El hombre mordió la boquilla y sonrió.

—Síguenos —ordenó sin más, y la chavala descubrió pronto por qué hablaba en plural. Tras él, de la nada, apareció una niña, aproximadamente de la misma edad que Liber, algo más bajita y desde luego mucho más blanca de piel.

—Hola, soy Paula... No tengo amigas aquí. ¿Quieres ser mi amiga? —le soltó la niña.

—¿Pero qué dices? ¿Amiga yo de ti? —respondió observándola con desconfianza.

—Tengo un campo de minigolf, un perro caniche que hace monerías y una televisión para mi sola.

La pequeña Roca la miró de arriba abajo. El hombre las llamaba desde la puerta. Iba diciendo algo sobre unas piedras.

—¿Quieres merendar? También tengo chocolate —volvió a presumir la guaja de los Acebo.

—Podías dejar algo para los demás, ¿nun te paez? —criticó Liber.

—¡Qué simpática eres!

—¡Y tú qué rara!

Las visitas y las discusiones entre ambas se repitieron durante todos los veranos siguientes. Siempre dentro de la casa y, como muy lejos, en la falda de la montaña que lindaba con la finca y a la que únicamente se podía acceder por el jardín .

Cuando nadie en la casona sabía dónde estaba Paula, cuando por el pueblo no aparecía Liber y todos los críos pequeños la echaban en falta, resulta que ambas compartían aventuras en esa ladera que mantenían en pie las raíces de los castaños ya centenarios. Tuvieron hasta dos cabañas diferentes que el señor Acebo les ayudó a construir. A Paula su madre no la dejaba salir al pueblo sola a jugar con aquellos chiquillos que, a ver, lo más elegante del mundo no eran. Y, «¡qué demonios!, Dios me perdone», blasfemaba la mujer para sus adentros. Que no, que no... Que no se podía dejar al azar la posibilidad de que la niña se enamorara de uno de esos menesterosos que parecían vivir en la calle. Paulita tenía reservado algo muchísimo mejor. Un médico, tal vez un abogado. En cualquier caso, un chico de familia bien de esos que nacen con carnet de socio del Real Club Puerta de Hierro y un marquesado a heredar por parte de padre. No un hijo de minero. Además, la boda de Paulita

Acebo sería, por supuesto, en Los Jerónimos y nadie de ese pueblo estaba preparado, a sus ojos, para comportarse en semejante templo.

Así que los niños de aquel lugar oscuro, húmedo y lleno de ceniza al que su marido se empeñaba en volver cada verano, cuanto más lejos de su hija, mejor, «que seguro que tienen hasta piojos».

Su residencia de verano en Asturias le daba tanta vergüenza que en Madrid la señora Acebo nunca daba muchos detalles del lugar. Como mucho decía: «En el norte, cerca del mar...». Y eso siempre que no estuvieran en la conversación algunas de las que sí pasaban el verano en el norte frente al Cantábrico, las Figaredo o las Masaveu, porque entonces no decía ni palabra, no la fueran a delatar. A estas familias, que también tenían minas en las cuencas, las conocía porque su marido la llevaba todos los años al menos a una fiesta de sociedad a Gijón, normalmente al Real Club de Regatas. Y ellas sabían que no, que la señora Acebo en realidad no estaba frente a ningún mar en esa casona a la que iba obligada, y la única masa de agua que pasaba cerca era un río que cada vez estaba más negro. Tanto que ni merecía la pena mirar para él.

La mujer estaba destinada a pasar los veranos en aquella cuenca profunda y oscura porque su marido tenía con esa tierra una especie de idilio que no alcanzaba a entender. Ella nunca se sintió integrada. ¿Cómo iba a presumir de ello? Cuando, además, la animadversión era mutua.

Ellos no empataban bien con sus remilgos y ella no soportaba los malos modales de los mineros. Ni tampoco sabía muy bien cómo actuar ante el desparpajo de algunas de las mujeres a las que en el fondo envidiaba y, aunque nunca lo iba a decir en voz alta, consideraba valientes, duras y poderosas como nunca había visto a otras. Más de una y dos veces habían osado parar a su marido cuando paseaban por El Entrego para ir a misa y pedirle explicaciones por un accidente o algo que consideraban injusto. No se arrendaban con nada.

—¿Pero qué te tienen que decir a ti, querido? Si tú eres un trozo de pan... Ni que tuvieras tú la culpa de lo que les pase.

El señor Acebo callaba.

Y todos los años volvían allí.

La mujer supo desde el principio que Paulita andaba de amiga con la hija de un comunista fugado al que buscaban la Benemérita, los falangistas y hasta el sursuncorda. El cura del pueblo se lo había contado todo. Que a Amaro Roca se le perseguía por haber matado precisamente a un guardia civil, o tal vez a media docena, que era un mal bicho, que nunca iba a misa y que por su culpa se habían quemado, dos años antes de la guerra, todos los santos del templo, salvo San Lorenzo que, paradójicamente, se salvó de las llamas.

—¿No le meterá a la niña cosas en la cabeza la hija de ese ser? El párroco dice que...

—Ay, pero qué sabrá el cura, querida. Amaro es incapaz de matar una mosca, lo conozco desde que nació... Y ni siquiera estaba aquí cuando la guerra... —respondía el marido para tranquilizarla, a sabiendas de que mentía porque él había visto a Roca enfadado y era capaz de acabar con un ejército entero sin posar sobre la barra del chigre el vaso de vino.

El caso es que conseguía su objetivo y la mujer quedaba tranquila. Si a él no le importaba la amistad entre su hija y aquella niña criada bajo el yugo de la figura de un padre al que nunca llegó a conocer y que, si no era asesino, al menos era comunista, que a saber qué cosa de las dos era peor... ¿Quién era ella para juzgar? Además, así la niña podría entretenerse. Al menos habría una mujer Acebo que no se sentiría tremendamente sola en aquella casa.

—Hay que ser misericordiosa —le decía su confesor ya de vuelta en Madrid. Este cura era más refinado que don Salustiano, pero igual de duro en sus advertencias con respecto a los mineros y sus mujeres—: Hija mía, hay que aguantar lo que Dios nos da, aunque sea el mismísimo infierno.

El caso es que a ella, aunque no se lo confesaba ni a un párroco ni al otro, para sus adentros reconocía que había algo en aquellas gentes que la fascinaba. Estar en Santana y compartir cada año unas semanas con ellos se convertía en una ventana a un mundo tan lejano a la calle Serrano por la que ella solía pasear, que parecía de otra galaxia. También era un mundo lejano del Club de Regatas de Gijón.

Ya de mayor, cuando las cosas cambiaron tanto que ni siquiera hizo el esfuerzo de intentar entenderlas, se dio cuenta de que los años que pasó en las cuencas mineras le habían dado a su vida un toque único y especial que la hacía sentirse por encima de muchas de las esposas de los amigos de su marido, incluso de aquellas que se apellidaban Masaveu o Figaredo y que sí tenían una casa en el norte frente al mar Cantábrico. «Ellas no saben lo que hay en los arrabales», se repetía.

—¿Pero vosotras dos sois amigas? —dijo, por fin, Gloria. Paula y Liber sonreían.

—Así que ella es la sorpresa que me traes de tu viaje a Asturias y que tanto te empeñabas en esconderme...

—Eso y algo más... Ahora os cuento. Dile al chófer que te vaya a buscar a las siete al Café Gijón, anda...

Las tres se metieron en el coche de Roca, que zigzagueó entre el tráfico. En el trayecto fue la Acebo la encargada de contarle a Gloria los pormenores de aquella relación de amistad que habría caído como una bomba en los mentideros de Santana.

—Es que se creen que soy puta de lujo... ¿Qué te parece? —comentó Liber.

—Bueno, pues normal... Te fuiste sin decir nada y vuelves como una estrella de Hollywood y no te quitas ni las gafas de sol... ¿Qué querías? —se defendió la joven Montes.

—¿Fuiste así al funeral de tu madre...? Te dije que vistieras recatada. Que no llamaras la atención. No me lo puedo creer...

—Lo que no me puedo creer yo es que sigamos siendo amigas...

Un camarero vestido con chaquetilla blanca las instaló en una mesa en la esquina. La joven Montes perdía a menudo el hilo de la conversación que seguían las otras dos por mirar a su alrededor. De las paredes, pintadas de ocre o tal vez desgastadas por el tiempo, pendían los focos que le daban al local un ambiente de penumbra. Todas las mesas eran de mármol negro con vetas blancas, los enormes espejos ampliaban el espacio y a la vez lo reflejaban al revés, dando sensación de caleidoscopio. Todo el mundo fumaba y hablaba. Eso al menos sí era igual que en Casa Cuco. La chavala solo volvió a la conversación de las otras dos cuando fue directamente interpelada.

—Si quieres te puedes venir a casa con papá, mamá y conmigo. Ellos estarán encantados. Siempre hace falta gente de servicio y si es de confianza más todavía. A papá le hará tanta ilusión tener en casa a una chica de Santana...

Liber la interrumpió ofreciéndole el vaso para que bebiera.

—La guaja no se va a servir a tu casa, reina, que tú ya tienes quién te lo haga en casa de papá y mamá... Además... ¿Te casarás pronto, no? Y te irás a tu nueva casa con tu nuevo marido a tener nuevos hijos. ¿Ya le has dejado que te besara? No se te ocurra casarte sin probar primero algunas cosas, mira que te lo tengo dicho...

—¡Cállate!

Gloria musitó algo que ninguna escuchó. «Estoy bien con Liber», repitió cuando las dos mujeres se quedaron en silencio. Apenas volvió a hablar hasta que se despidieron, el chófer de Paula pasaría a recogerla en unos minutos. Entonces la cogió de la mano y muy seria le pidió que no les dijera nada a los señores Acebo de que la había visto. No sabía si la relación con su familia se había roto para siempre, pero, en ese momento, no podía, no quería volver de ninguna manera a Santana, ni siquiera como chisme.

—Se lo pido por favor, señorita...

—Si me sigues llamando señorita me enfadaré... Pero no te preocupes. Tu secreto está a salvo conmigo... Voy a hablar con Gerardo y a ver si te puede dar trabajo en su oficina... Le diré que eres mi ahijada y seguro que ni me pregunta. Bueno, ya os cuento, ¡qué ilusión verte, Gloria!... —dijo Paula de corrido.

—La guaja ya tiene madrina. Soy yo.

—En realidad tú eres la tercera, Liber, la primera es mi tía Dolores, la hermana de mi madre, y la segunda Pilar la modista.

—Hala, pues yo la cuarta. Será por madrinas.

Sin dejar meter baza a ninguna de las otras dos, la señorita Acebo se despidió. La vieron alejarse con ese aire de dama que siempre tienen las niñas de buena cuna que hacen esperar a los chóferes.

—Aunque no te lo creas, le tengo un gran cariño. Es buena neña... Y sus padres también, estirados y rancios, pero buena gente... Eso sí, que sepas que negaré ante un juez ser amiga de los Acebo... Ser puta todavía, pero esto sí que no.

—Creo que nadie de Santana me creería si se lo contara.

—También es verdad. Y mira, además, ya te ha salido otra madrina... —apuntó Liber guiñándole un ojo.

—Será por madrinas —asintió la joven.

Gloria caminó despacio y con una sonrisa melancólica junto a Liber hacia el coche. Se acurrucó en el asiento del copiloto y fue observando las luces de la ciudad embelesada. Aún no se creía que estuviera allí, junto a la Roca, compartiendo secretos con la pequeña de los Acebo. Liber le iba explicando Madrid: el palacio del Marqués de Salamanca, la Cibeles, allá al fondo la Puerta de Alcalá, «y mi preferida, la Gran Vía pero esa ya la conoces bien, ¿a que sí?».

—Creo que también es mi preferida... —apuntó y sintió que su vida comenzaba a tener trazas de novela de la Linares.

Un tumulto en la calle, cerca ya de la Plaza de Callao, las obligó a parar el coche y a Gloria en concreto a salir del embelesamiento. El gentío hacía imposible saber lo que pasaba. De la primera fila del espectáculo vieron salir a Antonio el portero, que al verlas asomadas al 600 se apresuró a ir a su encuentro.

—El Cristo de Medinaceli sabía que esto iba a pasar tarde o temprano... Han matao a una fulana, aquí junto al Pasapoga... Le han dao una paliza que no contó. No se paren, vayan, vayan, que esto no es para señoritas como ustedes. Ustedes a resguardarse en casa como las mujeres de bien, como mi Luisa. Si vieran cómo ha quedao la chiquilla, destrozá...

Liber se metió en el coche dejando al hombre con la palabra en la boca mientras rezaba «Y nada para Dios». A Gloria por la mente solo le pasaban imágenes de Cleopatras degolladas, torturadas... ¿Sería alguna de ellas la víctima?

En casa apenas hablaron, a Liber se la veía consternada por la información que acababa de recibir del portero.

Esa noche Gallardo llegó de madrugada del periódico, se metió entre las sábanas buscando el calor de Liber y le dio un beso en el lóbulo derecho, ella arrimó su cuerpo por entero al de él.

—Gracias, ha sido un día de mierda —dijo Eduardo.

Liber posó sobre la mesa de la cocina tres carpetas de un golpe y asustó a Gloria. Las abrió y sacó algunas de las hojas que había dentro, no todas. Muchas estaban pegadas por la humedad y el paso del tiempo. La letra que las llenaba, escrita a mano, se difuminaba entre pliegues y borrones. Había carpetas en cuyo interior los papeles se habían conservado algo mejor, pero aún así todas daban muestras de sumar años e historias que en ese momento la joven ni intuía.

—¿No querías saber qué era lo que te tenía preparado? Pues aquí lo tienes... Esto es lo que tienes que hacer para mí... ¡Vamos a ello! —dijo la mujer señalando el amasijo de papel.

—¿Vamos a qué? —preguntó sin dejar de mirar las hojas y las carpetas.

Liber sonrió, le pidió que se sentara y se lo explicó entonces y por fin al detalle. Siempre, ya desde pequeña, había actuado así con los guajes de Santana para crearles expectación. Y vaya si lo conseguía.

Primero les decía «Vamos a ello». Después, cuando todos se volvían locos preguntando qué era «ello» a lo que había que ir, les pedía que se sentaran en el suelo a mirarla en silencio. Y finalmente se lo explicaba sin ahorrarse ni una sola emoción. Por ejemplo, les decía: «¡Vamos a ello!», y cuando todos habían abierto los ojos lo suficiente, procedía. «Todos conocéis a Nemesia la del Picu Castillo, ¿a que sí?». En este momento su público ya estaba totalmente enganchado a la historia. Porque otra cosa no, pero la posibilidad de que Nemesia, que tenía un perro que parecía un lobo y preparaba ungüentos que curaban los males de las mujeres, fuera en realidad una bruja que comía niños a los que cocía en una olla gigante en el patio de atrás de su casa, llevaba varias generaciones rondando las pesadillas de los más pequeños de la Calle'l Ratu y alrededores. Eso, quieras que no, engancha. «¿Y todos sabéis que Nemesia tiene el cerezal más grande de todo el pueblo, ¿a que sí?», continuaba Liber. Nadie le respondía. «Pues le dijo ayer a mi madre que tiene tantas que no da abasto a comerlas, así que hoy podemos ir a apañar las que queramos. ¡Vamos a ello!».

Hay que decir que esta propuesta en concreto no tuvo mucho éxito. Los nenos de Santana se dividieron rápidamente entre los que sufrieron un súbito dolor de barriga, los que alegaron no contar con permiso maternal para subir al Picu Castillo (como si eso fuera óbice en cualquier otra ocasión) o los que simplemente se cagaron de miedo y echaron a correr para sus casas. Los valientes que se atrevieron a subir, entre los que por supuesto estaba Gloria, que bajo ningún concepto quería quedar frente a su heroína como una cobarde, se pegaron tremenda merendola en la casa de la vieja que hasta les ofreció cestas para llevarse a casa la cosecha. Para ser bruja, Nemesia resultó ser una mujer encantadora. Todos quedaron en subir a verla después de Difuntos, para la gueta de las castañas, que también había muchas por la zona. Fue el principio del fin de la leyenda negra sobre la vieja.

Asistir a un «Vamos a ello» de Liber siempre había traído aparejada alguna aventura. Nada peligroso. Aunque cuando tienes seis años lo de ir a merendar a casa de una posible bruja suene bastante arriesgado. Pero esta vez, lo que tenían delante de sus narices era todo a la vez. Aventurado y peligroso. Las explicaciones de Roca llenaban la estancia y sus cabezas.

Había que sacar, separar, leer y transcribir de una manera ordenada todas y cada una de las páginas que llenaban las carpetas.

—¿Esto? Pero si apenas se puede leer —interrumpió la joven cogiendo con delicadeza uno de los papeles.

—Sí, los hay que son inservibles, pero ya verás cómo hay alguno que... sí que se puede leer.

Las cuartillas, eso lo supo Gloria entonces, habían estado custodiadas durante semanas en el bufete de Frade para el que Liber trabajaba como traductora de francés, inglés e italiano. Allí habían llegado, sin el permiso del abogado, todo dicho sea de paso, tras un periplo que empezó en Génova, siguió por Barcelona y terminó finalmente en Madrid.

A pesar de su volumen, lo de cruzar el Mediterráneo para recalar en territorio español había sido lo más fácil, incluso salvar las aduanas franquistas del puerto barcelonés. Las tres carpetas viajaron en uno de los camarotes de cabina del buque Leonardo Da Vinci como parte del exótico equipaje del profesor Sitta que, acompañado de su ayudante Arístide Bambrilla, desembarcaría en la Ciudad Condal para participar en el IX Congreso Mágico Internacional con su espectáculo de magia oriental. Entre trenzas y bigotes falsos, túnicas de mangas anchas y una cítara, los legajos llegaron sin ser vistos en un baúl de doble fondo al Hotel Oriente de Las Ramblas. Ahí los recogió el conductor de un furgón que transportaba cientos de metros de tela de pana con destino a las mercerías de la plaza del Marqués Viudo de Pontejos de la capital. Sería a media mañana del día siguiente y previa parada, justo antes, en cierto despacho de abogados de la calle Serrano en el que había que ser sumamente discretos, untar si hiciera falta al portero del edificio con parte del dinero que acompañaba «al encargo» y dejarle bien claro a quien fuera que la única persona autorizada a abrir el paquete era la «Signora Libertad Roca».

—Capisci? —dijo Arístide.

—Meridiano... —respondió el chófer antes de acelerar. Tenía instrucciones aún más precisas que las anteriores para que el encuentro con el camarada italiano no durara más de tres minutos.

Ya en Madrid el botín fue guardado a buen recaudo en la portería del despacho sin que nadie hiciera preguntas. A la chica la tenían en gran estima por su simpatía, siempre se paraba a contarles algún chisme, y también por los bizcochos que les llevaba de vez en cuando. En el bufete todos se hicieron los despistados porque nadie quería verse involucrado en lo que fuera que estaba haciendo Liber con el cliente que más dolores de cabeza le había dado al jefe en los últimos años: «el italiano», como lo conocían.

Lo común en el despacho de Frade era tratar con extranjeros, sí, pero más bien empresarios deseosos de invertir en España, sobre todo en la Costa del Sol, y que necesitaban un contacto en Madrid que les ayudara con la burocracia y que tuviera buenos contactos dentro de la administración del régimen, donde tener amigos era más importante que tener proyectos o incluso dinero.

En todo caso, en el bufete hacían muchas cosas y ninguna tenía nada que ver con los papeles viejos ininteligibles que llenaban la mesa de la habitación de Gloria y que pertenecían a un forastero muy peculiar al que Frade tuvo que asistir como abogado porque precisamente Eduaro Gallardo le había pedido un «grandísimo favor».

—A ver, el chaval es fotógrafo, un tío majo, pero también es demasiado joven y tonto... Y lo han pillado en un pueblo de Gerona con un millón de pesetas y un compañero, que logró fugarse. A mí me llamó un colega italiano que trabaja aquí en Madrid para ver si le podemos echar una mano. Debe de tener algún contacto en la embajada...

—¿Pero qué estaba haciendo?

—Lo primero, no te enfades, ¿vale?

—No me jodas, Eduardo, no me jodas. Y baja la voz... ¿Están tus amigos los comunistas metidos por el medio?

—No tienen nada contra el chaval, para ti es pan comido... No me digas que no echas en falta un poco de penal. Si siempre fuiste el mejor en el estrado defendiendo a delincuentes, bribón, que se te daba de puta madre. Y ahora, ¿qué? ¿De correveidile para los forrados? No te pega nada, que yo te conozco. Y te repito, no tienen nada contra el chaval, el dinero era de él... y punto. Solo tú puedes sacarlo de ahí.

El periodista sabía exactamente qué tecla tocar para que su amigo saltara como un resorte. Su ego. El letrado aceptó a regañadientes.

—Eso sí, como esto a mí me suponga un problema con... Bueno, ya sabes..., te voy a buscar y te mato.

—¿Tu qué cojones me vas a matar a mí, Frade, si me adoras? —respondió el periodista dándole un beso en la frente a su amigo.

—Mira, cállate, eh, que te gusta a ti meterte en líos, joder... Pues me llevo a María de traductora.

—Es que no puedes ser más tonto. ¿No me digas que llamas María a Liber?... Pero si eso solo se lo llamaban las monjas...

—Cállate la boca, anda, que encima me vacilas. ¿Sabes lo que te digo? Que ojalá el fotógrafo italiano te la robe... ¿No oíste hablar de la fama que tienen? Son altos, guapos, elegantes y seductores. Como Alain Delon. Todo lo contrario a ti...

—Yo también te quiero, amigo. Te debo una.

—No, una no. Me debes mil, cabrón —gritó el letrado.

—Por cierto, Delon es francés...

Ivo Saglietti tenía los ojos más grises que la chica había visto en su vida y era tan alto que obligaba a mirar siempre hacía arriba, hasta cuando estaban sentados en la puerta de los juzgados. Fumaba con las piernas cruzadas y sonreía a pesar de todo. Liber en realidad no tuvo que trabajar mucho aquel día. El chaval se defendía en un español rudimentario pero eficaz. Se lo había enseñado su padre después de pasar dos años en España como brigadista antifascista durante la guerra civil.

Mientras esperaban a la puerta del juzgado, el italiano contó toda su historia en un castellano que iba mejorando con el transcurrir de la conversación. Y mientras Frade maldecía por lo bajo la embarcada de Gallardo y el tono del ínclito, demasiado elevado para su gusto, Liber lo escuchó fascinada.

—Mi padre estaba enamorato de este país... Nos enseñaba canzione... «El Ejército del Ebro, / rumba la rumba la rumba la. / El Ejército del Ebro, / rumba la rumba la rumba la / una noche el río pas...» —comenzó a cantar.

—Bueno, ¡basta ya! Era lo que nos faltaba ahora... ¿Qué tenemos aquí, a Domenico Modugno? Baja la voz, hombre, baja la voz, que todavía acabamos presos todos...

Liber, con una confianza que no solía tomarse con un desconocido, escuchó la historia del joven Saglietti y después, sin saber muy bien por qué, compartió con él parte de la suya. Le habló de un padre al que no conoció y cuyo rastro se perdía en Francia.

—Lo último que supimos de él es que estuvo en el campo de Argelès-sur-Mer. Un paisano que lo conoció allí me lo dijo hace tiempo, pero nunca quiso contarme mucho más, que solo lo había visto una vez, que a lo mejor había muerto pero que no estaba seguro... ¡Qué sé yo! Tampoco es una historia tan extraordinaria la mía, ¿sabes? Él era muy conocido y muy... ya sabes... —bajó la voz—, muy comunista. Y en cualquier caso, quizás lo mejor que hizo fue no volver a dar señales de vida. Aunque no te lo voy a negar, me encantaría saber qué fue de él, si realmente murió o si vivió o vive, si formó una familia, si tuvo hijos, si siguió militando y creyendo en sus ideales... Igual piensas que es una tontería, pero no me gusta vivir en la duda...

La respuesta que iba a darle Saglietti fue interrumpida por la llamada del ujier de los juzgados. Frade empezó a sudar la gota gorda en cuanto el juez levantó la vista de los papeles que tenía delante. Respiró hondo. Por suerte, todo fue muy rápido. Una hora más tarde el italiano era expulsado del país con efecto inmediato y su entrada en España quedaba oficialmente prohibida *sine die*.

—Suerte tiene el chaval de que Franco no quiera jaleo con los italianos porque si no... ¡vive Dios que se va a la trena! Suerte y contactos, que no han estado mal, eh... —le había dicho un funcionario al abogado cuando estaba recogiendo sus cosas. Antes de despedirse, Ivo cogió la mano de Liber y se agachó para besarla. Fue el único momento en el que los ojos de ambos estuvieron a la misma altura.

—Tengo una cosa que le puede interesar... Se la haré llegar, signora Roca. Grazie mille.

Meses después de aquella enigmática despedida y justo antes del encuentro con Gloria en La Franca, había llegado «el paquete del italiano» a la oficina y, a pesar de los esfuerzos por esconderlo, Frade había terminado por descubrirlo. Fue culpa de la indiscreción, sin ningún tipo de maldad, del chico de los recados, que un día por ser complaciente con el jefe le enseñó aquellas carpetas «viejas y sucias y que vienen de Italia» que llevaban «semanas» rondando por la portería para ver qué podían hacer con ellas. En ese mismo instante Liber estaba a su lado traduciendo un contrato.

—Uy, esto es un error... Esto no es del señor Frade... ¡Es mío! No se preocupe, llévelo a donde estaba, que ya lo recojo yo después.

El letrado no dejó al chaval tocar el paquete, lo echó de la oficina y con cara de odio absoluto miró a su trabajadora.

—No sé qué es ni quiero saberlo, pero saca esto de aquí cuanto antes. No me jodáis tú y tu marido, que menudas joyas os habéis juntao... Es que me vais a llevar a la tumba, de verdad. ¿Qué cojones te manda ahora el italiano?

—Pues la verdad, déjame mirarlo...

—No quiero saberlo. Y no quiero volver a ver esto rondando este edificio. ¿Me entiendes?

—Sí, Frade... Te pido perdón. Yo no quería que tú te enteraras.

—No querías, ¡los cojones!

Así que lo que la joven Montes tenía ahora delante eran tres carpetas, llenas de páginas viejas, rotas o directamente perdidas, que un chico genovés, que ella se imaginaba guapísimo (lo era), había mandado a Liber a Madrid como si nada a través de un despacho de abogados en el que casi infartan y eso que ni siquiera sabían lo que contenía.

—No, como si nada no... Que según tengo entendido, el periplo no fue fácil... —explicó Libertad, que concluyó—: Y bueno, Frade es muy bueno pero es un cagao...

La mujer ya había hecho las primeras averiguaciones sobre el contenido del pequeño archivo. Todo gracias a la carta que adjuntó en el paquete el joven Ivo. En ella le explicaba que las carpetas contenían información detallada de los españoles que habían estado en el campo Argelès-sur-Mer.

Ivo le contaba en el escrito que su padre Teodoro Saglietti, desde Génova, había impulsado la recuperación de la memoria de aquellos funestos días de los campos de refugiados españoles. Lo había hecho animado por un amor inexplicable a un país al que solo le debía una cicatriz de metralla en un costado y el mayor desamor de su vida. El origen de la «obsesión» del hombre por mantener viva la memoria de los olvidados fue un encargo que le hizo un camarada comunista que había conseguido marcharse de Argelès y al que conoció una noche en Perpignan. Durante el tiempo que permaneció interno, el tipo se había dedicado a compilar las historias de la gente. Se sentaba en uno de los barracones y preguntaba a todos y cada uno de los que estaban allí su nombre, su procedencia y algunos detalles de esa vida que los había llevado hasta allí, también sus descripciones físicas. Escribió todas las anotaciones en un francés bastante pulcro y un castellano perfecto.

Así lo atestiguaba una breve anotación del autor: «Pour que le monde connaisse les histoires d'Argeles sur Mer».

Recoger esos testimonios había sido para el escribano una forma de humanizar a los hombres, mujeres y niños que estaban olvidados de la mano de Dios en aquella playa, lavaban la ropa en agua de mar y miraban con tristeza y miedo el avance alemán en el norte y una España a la que no podían volver en el sur, en un sur tan cercano que se podía tocar con los dedos...

Nunca trascendió el nombre de la persona que había elaborado esas fichas y que se las entregó a Saglietti en una enorme mochila.

—Dejé todo en mi barracón porque solo podía cargar con esto... No quiero perderlo, pero me voy a África... Necesito alguien que lo cuide hasta que yo vuelva y, si no vuelvo, que lo cuide aún más. Creo que eres la persona indicada, alguien te ha puesto en mi camino precisamente esta noche...

—¿Qué hago con ello?

—Guárdalo y espérame... Mi historia también está aquí... —dijo señalando la pequeña maleta.

Nunca volvió. Saglietti guardó aquel legado como oro en paño.

«Mi padre siempre le tuvo un cariño espeziale a estas fichas porque él se había marchado de España por La Junquera, acompañado de muchos de los que huían, y conoció el lugar.

Le impresionó ver las condiciones en la que vivían en Argelès. Ahora é morto y nadie ha tocado el archivo que está viejo y sucio, ha estado empapado de humedad, pero que guarda mucha informazione. Son tres ¿cartelle? Toda la vita las he visto en el despacho de mi padre, siempre esperando a que el hombre que se las había dado en custodia volviera. Solo hizo una cosa con ellas. Las guardó en unas carpetas y con su particular grafía escribió en ellas "Spagnolo. Argelès-sur-Mer". No pude responderte en el tribunali, pero cuando me estabas contando la historia del tuo papa supe que tú deberías tener estos papeles y no yo. No creo que exista mejor finale para ellos. Y supongo que el escritor no se enfade, porque ya lo hemos esperado lo suficiente. ¿Non e vero? Toda mi vida las he tenido delante de mis ojos, ahora quiero que sean tuyas y ojalá te ayuden a quitar dudas de tu cabeza».

Las carpetas contenían un trabajo minucioso de recopilación de información. Eran fichas rudimentarias que se habían escrito a mano en papeles de diferentes tamaños y texturas. Algunas incluían al lado del nombre una cruz en aspa que daba a entender que esa persona había muerto.

La misiva de Ivo no traía más. Terminaba, eso sí, con un «Con tutto il mio cuore» y alguna frase en italiano que sonrojó a las dos mujeres. Liber miró a Gloria como restándole importancia al momento y por fin explicó:

—Mi padre se llamaba Amaro Roca Álvarez, vamos a buscar a ver si está aquí su nombre, su historia... Mi madre decía que era alto y moreno, de cejas pobladas y guapo. Nació en Santana y no tenía padres ni hermanos. Solo a mi madre y a mí... Aunque no sé si supo que yo había nacido... —apartó el pensamiento con un manotazo al aire y volvió a fijarse en los papeles—. Y si no aparece y a don Amaro le da por seguir siendo un fantasma, al menos ordenaremos los nombres y las vidas de muchos otros que se tuvieron que marchar de este país... por obligación. Es por justicia.

—Hablas igual que Pilar la modista...

El silencio llenó la estancia de una especie de nostalgia. Ahora fue Gloria la que tocó las hojas.

—No, si yo lo veo bien... Pero también veo que es peligroso. Tú y yo sabemos que esto es información muy delicada de... —bajó la voz—... de comunistas, anarquistas... ¿Sabes lo último que pasó en Santana?

Sin dejarla contestar, siguió:

—Pues que vinieron a buscar a Polo y se lo llevaron de la huerta, no le dejaron ni ponerse ropa limpia. Así como te cuento... Sin mediar palabra. Y su mujer preñada de la tercera criatura.

Al paisano se lo habían llevado unos meses antes de la huida de la joven Montes de casa y había sido un shock para todo el pueblo. La «expulsión» de Polo fue la venganza por unas huelgas que, durante semanas, habían puesto en jaque a toda la Benemérita, al Gobernador Civil y a «la casa santa». A él en concreto lo acusaban de repartir propaganda en el pozu, o eso explicó su familia cuando por fin tuvo noticias de su vida. No estaba en la cárcel, como todos creían, ni siquiera en una cuneta con un tiro en la cabeza como llegó a imaginar él mismo, sino en un pueblo de Valladolid, desterrado. Tenía que ir a firmar todos los días al cuartel de la Guardia Civil y no podía volver a Asturias bajo pena de cárcel. Al parecer no era el único proscrito. En el lavadero se había hablado de otros casos similares por El Entrego o Sama.

—Así como te cuento. Los cogieron y los echaron de Asturias. Escuché decir en el lavadero que los hay en Palencia, León, Valladolid... ¿Tú sabes lo que puede pasar si estos papeles se descubren? ¿Qué nos van a hacer a nosotras si a estos pobres, que lo único que hacen es defender lo suyo, los echan de su casa?

—Pues llegado el momento a lo mejor sí que llegas a conocer Bruselas, pasaporte ya tienes... —bromeó Liber.

—Creo que no aguantaría en la cárcel...—exhaló Montes sin hacerle caso.

—Ni yo en un pueblo de Valladolid... Hala, venga, ya está bien. Nadie va a descubrir nada. ¿Quién va a desconfiar de nosotras, si mira qué cara tenemos de angelitas?

—Tengo varios candidatos y si quieres empiezo por el portero de este edificio y su mujer...

—Comen de mi mano, querida.

A Gloria le hacía muchísima gracia el manejo de la situación que hacía Liber. No tenía miedo a nada, igual que cuando eran niñas.

—¿Eduardo sabe algo de esto?

—Sí, bueno, no..., bueno, a medias... No lo sabe todo. El contenido del paquete sí... —tosió—. Pero vamos a dejar a Gallardo al margen de esto, que él anda con mucho trabajo en el periódico y ya tiene su entretenimiento. En cualquier caso, en esta casa ya hubo alojadas otras cosas... —bajó la voz e imitó el ademán de su amiga—. Tú y yo sabemos que esto es información muy delicada de... de comunistas, anarquistas...

—Eres tontísima.

—Lo sé, pero estos papeles son cosa nuestra... Eduardo puede vivir perfectamente sin conocer los detalles de este encargo, ya se lo contaremos llegado el momento, capisci? —zanjó la mujer. Quedaba claro, los papeles del genovés eran cosa de ellas dos.

Liber esperaría a abrir todas las carpetas y ver lo que se encontraban para contarle los detalles a su marido. Obviando en todo momento la existencia de una carta manuscrita del propio Saglietti para ella. Porque el italiano, además de información sobre el envío, le dedicaba algunas frases «atrevidas» a su persona y Gallardo era muy propenso a dramatizar con el hecho de que en cualquier momento su mujer encontrara a uno más guapo, más alto y más listo que él, y lo dejara.

«Frases atrevidas» fue exactamente lo que le dijo a Gloria sobre la carta cuando se la dejó para que la leyera... Poniendo los ojos en blanco, concluyó:

—¡Italianos! ¿Qué decir? Quédate con ella, que igual te sirve algo de todo lo que cuenta de su padre mientras revisas... todo esto.

Montes observó con detenimiento los papeles escritos por Saglietti en italiano. Con la otra mano cogió la primera de las hojas que su amiga había sacado de las carpetas y que procedía de algún sitio parecido al más allá. La acercó a la luz de la ventana.

—Esta carta está escrita en italiano y yo no sé italiano. Estas hojas están escritas en francés y yo no sé francés. ¿Cómo puedo ayudarte?

Liber, que sabía perfectamente que esta problemática podía llegar a plantearse, hablaba mientras se acercaba a la librería:

—No es italiano lo de la carta, la verdad que es un intento peculiar de castellano, con esa no tendrás problemas... Además el italiano es pan comido... ¡È un gioco da ragazzi!

—¿Un qué?

—Un juego de niños, Glorita mi vida —respondió mientras rebuscaba en la librería que ahora era el cabecero de la cama de la joven. Cogió un libro gordo en la mano y musitó algo parecido a «eureka» y añadió—: Por otro lado, verás que las cartas también están escritas en castellano, no solo en francés, pero bueno, te traigo aquí al séptimo de caballería.

El diccionario de francés de sor Naranjo volvía a la carga.

—Pues mira por dónde, Bruselas no lo vas a conocer de momento, pero sí que vas a aprender francés, mon amour.

Más allá del optimismo exacerbado de Liber, con la cantidad de información que parecían contener los papeles que tenía delante, seguía sin parecerle un juego y menos de niños. Pero no lo podía evitar, le fascinaba la historia y se le había contagiado el alma con el entusiasmo de la otra que le dio un toque cariñoso en la barbilla...

—La detective Montes con un caso internacional... ¡Y tú queriendo irte a Bélgica! —bromeó.

Pero Gloria estaba muy seria.

—Ojalá encontremos a tu padre.

Las siguientes horas transcurrieron ya en el cuarto. El escritorio de su habitación y parte del suelo fue ocupado por un montón de hojas que desgranaban tantas historias que hasta dolía pensarlo. Hubo que retirar unas mesitas, la guitarra y dos montones de libros.

La primera misión fue separar las hojas unas de otras y colocarlas por fecha. De alguna manera ya estaba hecho, Teodoro Saglietti había organizado el tesoro. Los papeles se desplegaban frágiles. Parecía que habían pasado por ellos doscientos años en lugar de veinticinco. Esa era la observación que estaba haciendo Gloria cuando se oyó el llavín de la puerta. El reloj daba las dos de la madrugada. Sorprendido al ver luz en la habitación de la chica y la puerta abierta, Eduardo se acercó. Las dos mujeres estaban, en ese momento, de rodillas en el suelo.

—¿Son los papeles del genovés ese? —apuntó con un retintín que no pasó desapercibido.

—¿Celos?

—¿Yo? ¿De quién, del italiano de ojos grises como la profundidad del mar, manos grandes como las de un marinero curtido y una altura como el dios romano Apolo? Para nada...

—¿Voy a tener que preocuparme yo de que, al parecer, el genovés te guste tanto? Veo que Frade no escatimó en detalles, eh...

La batería de preguntas terminó con un leve beso en los labios por encima de los papeles y muy cerca de Gloria, que se ruborizó ante la escena. Sintió el mismo cosquilleo que le producía la lectura de algunos pasajes del libro *Esta semana me llamo Cleopatra*, que ya se sabía de memoria, o las películas que cada dos o tres días la llevaba a ver Liber a los cercanos y despampanantes cines de la Gran Vía. Eduardo se levantó y las animó a hacer lo mismo. Era demasiado tarde, tocaba descansar. No preguntó nada más sobre los papeles. Parecía cansado y triste.

Ya en el baño, mientras Liber se ponía los rulos en el pelo y Gallardo se lavaba la cara como si quisiera que el agua se llevara algo más que el polvo acumulado durante el día, le contó.

—El otro día mataron a una chica junto al Pasapoga... —empezó diciendo el hombre.

—Lo sé. Lo vimos Gloria y yo cuando volvíamos del Café Gijón.

—No me dijiste nada...

—No me di cuenta... —mintió.

—Pues el tema trae cola...

Un chico nuevo de la redacción, Hernando, había estado indagando por la zona y no era la primera mujer asesinada en el barrio. En los últimos dos meses hubo, al menos, otras dos. En ninguno de esos casos anteriores se había investigado el homicidio. Ni siquiera se habían tratado como tal, y eso a pesar de los golpes y magulladuras evidentes que tenían los cuerpos cuando fueron encontrados. Tampoco el crimen de la mujer del Pasapoga sería rastreado.

Liber resopló mientras escuchaba a su marido, que le siguió contando en la habitación. Los dos primeros casos ocurrieron en calles muy cercanas a la sala de fiestas, menos transitadas y en plena madrugada, por eso no se conocieron las muertes, la prensa no se enteró. Fueron otras compañeras de las fallecidas las que avisaron a la policía. Aunque a la hora de la verdad ninguna quiso ir a declarar y los expedientes se habían cerrado sin más. ¿Para qué malgastar el tiempo por mujeres a las que nadie echa en falta?

El redactor que lo había investigado estuvo toda la madrugada y todo el día siguiente al crimen recorriendo el barrio puerta a puerta y se lo habían dejado caer varias personas: «¿Qué más da quién haya sido? No hay nada que hacer, chaval, ni te esfuerces. No le importamos a nadie».

—Ya sabes que en esas calles hay todos los mundos que te puedes imaginar y casi ninguno bueno. Me da una pena atroz...

—Lo sé...

El caso es que, tras sus pesquisas, Hernando había ido al periódico a contárselo todo a Eduardo, que como subdirector iba a decidir qué espacio se le daba en página si es que se sacaba algo, claro. El jefe escuchó con calma y preguntó hasta en tres ocasiones algún detalle.

Dos mujeres asesinadas con anterioridad y que nadie supiera nada era raro, pero no imposible, sobre todo cuando eran dos mujeres de la calle. No se elevó el suceso a la categoría de noticia porque total, ¿a quién importaban aquellas fulanas?

A Hernando sí le importaban.

Nadie en la redacción lo sabía, pero él era en realidad el hijo de una prostituta al que un tío materno había recogido con ocho años de un antro en el centro de Madrid para llevárselo con él a Guadalix de la Sierra, donde regentaba un hotel. Le dio estudios y una educación férrea, también la posibilidad de ver a su madre dos veces al año, en su cumpleaños a finales de mayo y en navidad. Siempre con la supervisión del tío. El día en que el chaval cumplió dieciocho prefirió no acudir a la cita maternal. No estaba convencido del todo, pero la mirada de sus primos cuando le preguntaron «¿De verdad vas a ir con esa vieja en vez de a un guateque por primera vez?» no le dio opción a respuesta. Al menos a él, que siempre se había sentido inferior a sus primos por la mujer demacrada y tan fuera de lugar que era su progenitora, no le parecía que hubiera otra respuesta. Y se fue de fiesta.

Llevaba toda su vida padeciendo sueños en los que volvía a vivir con su madre y otras cuatro mujeres que trabajaban dos pisos más abajo en la calle Ballesta. Cuando despertaba de la pesadilla, no le daba asco ni miedo pensarlo, pero le producía una sensación de inseguridad que lo dejaba sin respiración. Vivir en aquel hogar era como hacerlo en un sitio en el que no sabes nunca lo que va a pasar, todo puede cambiar en cuestión de un minuto y nunca es para bien.

El chaval no volvió a ver a su madre nunca más. La mujer murió dos semanas antes de las navidades siguientes al cumpleaños en el que él prefirió irse de fiesta. Estaba en el servicio militar en Hoyo Manzanares cuando se enteró por una carta que le mandó su tío. La noticia le dejó más helado que el aire de la sierra madrileña en la que se había criado cuando los separaron y en la que aquella noche hacía guardia solo en una garita. Rompió a llorar. Las lágrimas que limpió con su manga se congelaron y la pena que le apoderó se mezcló con una sensación rara de alivio. Con ella moría la mujer que lo había parido y, a su manera, lo había criado, pero también desaparecía la preocupación que le acompañaba desde que tenía uso de razón: ¿Estará bien? ¿Le habrá pasado algo hoy? ¿Se acordará de cuidarse? ¿Hará frío en la calle? ¿Y las demás?

No, Hernando no estaba dispuesto a que la muerte de tres mujeres muy cerca, por cierto, de la calle Ballesta donde él había vivido, pasara sin pena ni gloria, como había ocurrido con el fallecimiento de su madre por el que nunca se perdonó.

La mujer ni siquiera tuvo entierro. Sus restos se llevaron a la fosa común de La Almudena y en la ficha que describe su reposo tampoco ponía su nombre completo. Su tío lo había avisado cuando ya no se podía hacer nada. El chaval sentía que estos asesinatos se le ponían delante para aplacar de alguna manera el remordimiento de no celebrar con su madre su decimoctavo cumpleaños y la desazón de pensar que ella había sentido su abandono. Tenía que ayudar a detener al autor de los crímenes y quizás así él podría descansar un poco.

—Si me da usted, señor Gallardo, un par de días más en la zona, rasco más... Se lo prometo. No podemos dejar esto así. Esa gente no tiene a nadie que quiera hacerle justicia, que las proteja.

—Para empezar. No somos ni jueces ni detectives. Y para seguir, sabes de sobra que la policía nos va a dar el toque. No quieren sangre en los periódicos y menos si esta viene de... bueno, ya me entiende, de según qué calles del centro. ¿Dos días investigando en la zona para qué?

—Para contar lo que pasa a cinco metros de la Gran Vía. ¿También es su barrio, no? Usted no vive lejos...

Gallardo le dio veinticuatro horas. Ni una más. Él, aunque desconocedor de los entresijos de la historia vital de Hernando, entendía su congoja. Sí, era vecino de ese barrio donde según qué muertos no importaban nada. Y aunque su portal, el número 4 de San Bernardo, estaba gobernado ahora por las luces de la Gran Galería, lo que le añadía al sitio un punto de sofisticación, él sabía perfectamente cómo era la oscuridad en esos sitios a los que no llegaba el resplandor de los focos de la avenida.

Lo había experimentado en su propia carne los primeros meses tras independizarse. Se fue a vivir a una pensión en el centro, después de que sus padres se enfadaran porque no estaba atendiendo a los estudios de derecho con ese afán suyo por hacerse periodista. Quiso hacerles ver que podía ganarse la vida con ello y se cogió una habitación en la pensión Picos de Europa, que regentaba un matrimonio natural de Cabrales y que le dieron posada porque tenía raíces «a la parte de allá del Cuera», como si el mundo se dividiera en los que estaban a un lado o a otro de esa sierra.

Al arrancar como joven redactor del periódico, Eduardo también había usado su céntrico barrio como campo de trabajo en Sucesos. Aún le daban escalofríos de solo pensarlo. Nunca le gustó trabajar en esa sección, y eso que no se le daba mal del todo. Tenía cara de persona a la que se le pueden contar las cosas y eso exactamente era lo que le ocurría. Por la zona aún conservaba algún contacto. De reportero había pasado un miedo inconfesable, pero también había aprendido el oficio gracias a los jardineros, camareros, porteras, chachas, putas y limpiabotas que le contaban los secretos de la noche madrileña, que no eran pocos.

Eduardo terminó de resumir la historia a su mujer:

—Total, que me voy mañana con Hernando por el barrio para acompañarle y para ver si siguen vivas mis fuentes, que hace años que no me paseo por allí. Hemos quedado por la mañana. A ver qué se cuece... Es todo tan triste —resumió finalmente cuando ya se metían los dos en la cama.

Ella dejó que él reposara la cabeza sobre su cuerpo y le acarició los rizos que empezaban a encanecer. Él se quitó las gafas.

—¿Tenía razones Frade para estar enfadado por los papeles de Ivo o no?

—No se hace ni una idea...

Liber le empezó a contar los avances con los documentos del genovés.

A Roca le gustaba tener a su lado a Gloria para ayudarla. Sola ni siquiera se veía capaz de encarar la labor. De hecho, por eso no había empezado. Cuando se encontró a la joven Montes en La Franca sintió que el destino la había puesto ahí por algo.

Aunque pocos de su alrededor lo sabían, para ella, la historia del padre que no conoció, la historia de don Amaro, era un abismo bajo el cual se encontraban todos los miedos que se había tragado en la infancia, las inseguridades de su madre, los insultos y vejaciones que superó sola. Sentía la necesidad de levantar esa losa.

—Y sé que es muy posible que su nombre no esté en esa lista. O que sí esté, pero no se pueda leer porque el estropicio es enorme... Pero no me voy a quedar con la duda.

—Haces muy bien, mi Roca. Y con lo espabilada que es esta cachorra rescatada que tenemos en casa seguro que pronto resolverás el misterio...

—No digas eso así, suena a broma... y no lo es. Y sí que es espabilada. Me da pena de ella, está tan sola y parece tan triste a veces...

—No está sola, te tiene a ti, a su madrina Roca, nada más y nada menos que Miss Roca.

—Signora Roca, si no te importa. Dímelo en italiano, que me gusta más...

—Eres tremenda...

Después se hizo el silencio y Gloria, que lo estaba escuchando todo desde el baño, siguió lavándose los dientes con la única luz que llegaba del exterior. Le hacía gracia ser testigo del amor de aquellos dos extraños a los que se había aferrado para seguir adelante, pero le fascinaba más estar en medio de las aventuras que la rodeaban desde que los acompañaba.

De repente, le dio una punzada de angustia pensar en lo que pasaría si en las hojas desgastadas que ahora invadían su habitación no aparecía ningún Amaro Roca Álvarez. Quería ayudar a Liber, era lo menos que podía hacer. En el espejo se reflejaba su cara. También había escuchado el resto de la conversación, lo de las mujeres... Y sus ojos eran temerosos. En ese mismo instante fue consciente de que los monstruos que durante toda su niñez les habían servido a los mayores para meterles miedo a los guajes, en la edad adulta se hacían realidad. El hombre del saco, el coco, la güestia..., sí existían. A medida que los años pasaban, te los ibas encontrando por el camino y a veces incluso te invadían la cabeza, cuando no el cuerpo.

Se durmió rodeada de papeles llegados de otras guerras que amenazaban con desintegrarse y miedos que volvían de otras vidas. Ya salía el sol cuando la despertó un ruido raro que procedía del pasillo. Se asomó, Liber se agarraba a la taza del baño sin poder contener las arcadas. Lo primero que dijo, cuando sus convulsiones se lo permitieron, fue:

—Creo que estoy embarazada.

Gloria pegó un brinco que acompañó de un grito agudo, pero la mujer, de rodillas y con ojeras, le pidió silencio.

—A poder ser que no se entere el portero antes que el padre, anda... —alzó la mano para que la joven la ayudara a levantarse, se echó un embozo de agua a la cara y se secó con la toalla.

—Me tenía que haber bajado el periodo hace diez días...

Una voz sonó a su espalda.

—Para las náuseas del embarazo lo mejor es oler vinagre, ya verás como se te quitan las ganas de vomitar.

—Hola, Luisa...

—Hola.

La mujer del portero salió de aquella casa dos horas más tarde con el juramento, «que es pecado», de que no iba a decir nada a nadie, ni siquiera a su Antonio, hasta que Liber no se lo contara a Eduardo. Era justo y necesario. Y dada la inclinación del matrimonio por el señor, al que agradecían enormemente que les prestara el teléfono para recibir las llamadas del pueblo, la vieja cumplió. Al menos las primeras dos horas, después cantó la traviata y obligó a su marido a jurar delante de la estampita de la Virgen de Atocha que se iba a hacer el longuis.

Total, que con las idas y venidas de la buena nueva, Gloria se enfrentó sola a los primeros avances en el archivo de Saglietti. El número total de hojas de las que se podía sacar algo de información, porque era legible, eran 104 páginas. Cada una de ellas se correspondía con una ficha personal de un prisionero en Argelès-sur-Mer. Los papeles utilizados para los escritos eran diferentes, algunos parecían cartón y había uno, incluso, que usaba una hoja perteneciente a una edición de *El Quijote*. En el espacio libre tras las últimas líneas de un capítulo que acababa: «... pues en fe de esa palabra, yo no le haré más daño, puesto que me lo tenía bien merecido». También las formas de escribir las fichas eran diferentes. A veces el escribano redactaba todo tipo de detalles personales sobre el sujeto al que describía. Y otras se dispersaba en pensamientos variados. Además, pronto descubrió que la mayoría de las historias estaban escritas en francés, pero también en castellano. La primera historia que mecanografió Gloria después de traducirla del francés, lo que le llevó un par de horas, era la de Ángela Blanco. Decía: «Cabello oscuro y dientes perfectos. Viene a Francia con su marido, los dos son naturales de Zaragoza». Los protagonistas de esta primera historia habían tenido responsabilidades en la CNT, llevaban en el campo varias semanas esperando a que los dejaran salir para trabajar en la vendimia. «Así están muchos españoles, siendo la mano esclava de una Francia que se derrumba. ¿Saldrán de aquí? ¿Lo haremos todos?», finalizaba el autor de la ficha, que había convertido aquel listado en su diario personal de pensamientos, reflexiones y miedos.

Pero no fue la primera hoja traducida, sino la tercera, la que hizo pegar un brinco a Gloria. Al colocarla solo se habían fijado en las fechas, no en los nombres, y mira por dónde ahí estaba uno conocido: «José Guillermo Noriega Fernández». Antes de ponerse a traducir lo escrito, que ya sabía que tardaría un rato, se fue corriendo a la cocina, pero antes de interrumpir a Liber se calmó, no quería que su amiga pensara que había aparecido su padre.

—No es Amaro el que está en este papel, pero creo que te va a sorprender... —apremió.

La mirada de Roca bajó rápidamente por los renglones. Decía el texto que el tal José Guillermo Noriega Fernández era «natural de un lugar llamado Valle Oscuru. Su destino final, y así será porque es el tipo de persona que consigue lo que quiere, es México. Viste siempre la misma ropa, un traje oscuro que parece de hojalata, a juzgar por los movimientos espasmódicos que hace su portador al caminar. Ha llegado aquí confundido en un grupo de mineros comunistas que vienen de Barcelona y que él conocía. No milita en ninguna causa y él mismo dice que hace y deshace amigos a medida que los necesita. Ya se habla con varios de los que nos vigilan en la playa».

—Mira tú... Este dato desconocido de Noriega seguro que ganaba la competición de escritores.

—Claro que antes tendré que casarme y formar una familia.

A Liber se la veía nerviosa.

—Uf... Ya sé que este tema de Noriega está candente... Pero hablando de formar una familia...

Antes de confirmarle al padre de la criatura la buena nueva, quería cerciorarse de que todo estaba bien, no era la primera falsa alarma que tenía. Así que había llamado por teléfono a la secretaria de un médico militar a la que había conocido en la academia de idiomas. La habían mandado ahí porque su jefe, un ginecólogo con rango de teniente coronel, veía en las norteamericanas que llegaban a la base de Torrejón potenciales clientas y no quería perder comba. La oficina, además, estaba muy cerca, en el barrio de Argüelles.

—Ay, Liber, chica, ojalá... Entre tu inteligencia y la guapura del Gallardo, saldrá un niño precioso.

—Mira, Amparo, yo no lo quiero ni pensar. Pero dime, ¿podrá atenderme?

—Claro que sí, vente ahora mismo que te hago hueco. Por cierto..., que sepas que a partir de ahora eres mi prima... Y no te vas a llamar Libertad, claro... ¿Te gusta Loreto? Es la virgen de mi pueblo.

—Llámame como quieras... Te debo una, mil gracias.

—You are welcome, darling.

Liber le pidió a la joven Montes que la acompañara hasta la consulta del médico. Lo hizo, no sin cierto reparo. Le habían enseñado que las cosas esas de las mujeres era para hablarlas entre ellas y ya... No acababa de ver con buenos ojos que la fuera a mirar un hombre y máxime si era militar.

—¿No tienes miedo de que...? —no terminó la frase.

—¿De que descubra que bajo esta apariencia de niña bien de Madrid se esconde la hija de un comunista de nombre Libertad que ni siquiera está casada por la Iglesia con su marido y que tiene ahora mismo en una habitación de su casa papeles que la podrían llevar a la cárcel de por vida?

Gloria ni siquiera había pensado en todo eso.

—No, no tengo miedo.

En la sala de espera de la clínica, mientras aguardaba a que Liber saliera de la revisión y presa de unos nervios que no podía contener, comenzó a pasear por la habitación hasta pararse frente a una orla en la que aparecían no menos de cincuenta hombres y tan solo dos mujeres. La secretaria amiga de Liber la vio leer los nombres y se acercó a ella:

—¿Así que eres ahijada de Liber, eh? De Asturias como ella, me imagino... Somos muy amigas. ¿Te gusta la orla? Ahí no sale mi jefe, así que no busques, es de otro médico que viene por las tardes, también es militar, pero algo más joven. Y además entró en el ejército ya con la carrera acabada. Es muy guapo, y está soltero... Claro que no es tan joven como para que te valga a ti... Yo ya lo di por perdido... —habló de corrido. Ni siquiera se dio cuenta de que Gloria había pegado un pequeño salto al comprobar que en aquella orla aparecía un conocido Saturno Vieira. Los inconfundibles ojos azules del «doctorcín» no dejaban lugar a dudas. Encontrarlo allí y justamente el mismo día que los papeles del genovés empezaban a dar algo de información le pareció casi mágico. En ese momento Liber salió de la consulta con una sonrisa de oreja a oreja:

—Todo va bien. Estoy de muy poco...

De camino a casa la joven Montes le contó lo de la orla de Turno. Emocionada le decía:

—¿No te parece increíble la casualidad? ¡Y el mismo día que lo de Noriega!

—No es casualidad, querida, es un don que te hemos concedido tus madrinas. Como tienes tantas.

A Liber le vino bien que Gloria desviara el tema hacia Noriega, porque desde que había aparecido la vida secreta del indiano como refugiado de guerra no podía evitar pensar en la posibilidad de que él y su padre se conocieran en Argelès.

—También yo... —apuntó la joven Montes—. Se lo tenemos que contar a Gallardo.

—Sí, bueno, tenemos que contarle hoy unas cuantas cosas.

La revelación del embarazo fue esa misma noche en la cocina, mientras los tres cenaban y sin muchos miramientos.

—Gallardo... Tenemos que contarte una cosa que te va a gustar pero que te va a poner muy nervioso y seguramente eso acabe poniéndome nerviosa a mí también. Tienes que tomártelo con calma, ¿me lo prometes?

A Gloria le sorprendió que Roca eligiera un momento en el que estuvieran los tres y no ellos dos solos. Le gustó, la hizo sentirse importante. También el abrazo en el que Gallardo la metió al conocer la noticia.

—Suerte que está aquí la tía Gloria para que nos ayude, porque no tenemos ni idea de criar seres humanos... —comentó el hombre, sacando una sonrisa a la joven Montes que, sin ningún ápice de tristeza, pensó que el destino era juguetón y que al final sí le iba a poner un bebé en brazos. Su amiga le cogió el mentón y la hizo mirarla a los ojos:

—¿Estás bien?

—Te prometo que sí.

La celebración continuó entre risas porque Eduardo quería ya buscarle nombre a su heredero y, por supuesto, levantar el teléfono para pedirle sitio a la criatura en el Colegio Estilo.

—Vamos a esperar un poco y lo que no vamos a hacer es volvernos muy locos, ¿está claro? No quiero que empecéis a tratarme como si fuera una enferma o la portadora de un dios.

—Ya veremos... —respondió el hombre.

—Por cierto, hay una noticia que ha quedado eclipsada con todo esto del niño. No adivinarías qué nombre aparece en los papeles de Ivo Saglietti.

—¿Cuántas oportunidades tengo?

—Una sola, pero te doy una pista... —continuó Liber. A los dos les encantaban estos juegos.

—Es el culpable de que Gloria esté aquí.

Unos segundos de ojos entrecerrados le sirvieron al periodista para responder con una pregunta:

—¿Noriega? ¡No puede ser verdad!

Gloria intercedió:

—Y me da la sensación de que ya entonces era cretino.

—No me sorprende.

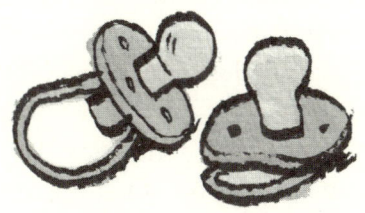

Con la celebración de las buenas nuevas y la historia del indiano, Gallardo no había contado nada de sus pesquisas por el barrio sobre el caso de las tres prostitutas asesinadas en los últimos meses. En realidad, tampoco había mucho que contar. Otra vez con la almohada como confesora, le explicó a Liber que no habían conseguido que nadie hablara con claridad. Y eso sí que era raro.

—Algo temen y no sé qué es. Eso y que ya nos han dado el toque desde la Dirección de Seguridad, que qué coño andábamos preguntando por ahí. ¿Te puedes creer? Se lo han dicho así mismo a Romero. Traía un mosqueo... En fin. Hernando está jodido, pero vamos a tener que parar. No vamos a ir a ningún lado y nos vamos a meter en problemas. Tampoco es que esté yo muy bien posicionado en este momento en el periódico después de la espantada de La Imperial.

—¿No podéis hacer nada más de verdad?

Gallardo se revolvía su propio pelo mientras miraba al techo. El mundo era tan tremendamente injusto para tanta gente que pararse a pensarlo le daba profundo dolor. Liber se acurrucó a su lado. Él tardó en responder unos segundos.

—Supongo que algo se me ocurrirá... Por cierto... —mientras hablaba le dio un beso en el pelo—. Sabes que hay bastantes posibilidades de que sean dos, ¿verdad?

—¿Dos quiénes?

—Dos chiquillos..., lo que tengamos. Mi madre y su padre, mi abuelo, tienen mellizos. ¿Qué te parece? En el Valle Oscuru hay muchísimos. A toda la familia le pareció raro que yo fuera solo uno, la verdad. Aunque en algún lugar leí que eso se hereda de abuelos a nietos.

La mujer se levantó de un salto.

—¿En serio en todos estos años y todo el tiempo que hace que queremos... esto... nunca te dio por sacar la conversación de que tu madre y tu abuelo tenían gemelos?

—Mellizos...

—Conozco a tu madre y no conozco a su melliza.

—En realidad es mellizo, el tío Ramón, desde lo de la casa familiar no tenemos mucho trato, por no decir ninguno. En cualquier caso, si lo conocieras te iba a parecer bastante más joven que mi madre. No le digas a tu suegra que he dicho esto porque arderemos los dos en el infierno de la estirpe Riestra.

Liber rompió a reír con ganas. Era lo que más le gustaba de ese bendito hombre, lo simpático que podía llegar a ser sin pretenderlo. Una faceta menos conocida era la de futuro padre, que se la estaba tomando a la tremenda.

—Da igual que sea uno que dos...

—Edu, vamos a tranquilizarnos porque si no se nos va a hacer todo muy largo.

—No hace falta que pluralices.

Los días discurrieron con Gloria enfrascada en su labor de investigación. Los papeles del genovés iban desgranando nombres que de tanto en tanto traían algún recuerdo a la joven Montes que se afanaba en mecanografiar lo que aquellas hojas mugrosas le dejaban. Muchas veces se sorprendía imaginando la cara del escritor. Era un hombre porque se había referido a sí mismo en masculino y tendría una edad, cuando escribió las fichas, de entre veinte y treinta años, ya que en dos frases de las que leyó Montes hacía mención al hecho de haber participado en la guerra y de tener algún rango militar. Sin especificar cuál. El escritor había redactado aquellos papeles sin pudor, como si no los fuera a leer nadie. Sin embargo, la niña era ya la segunda lectora de su legado. A ella, esos papeles del genovés la estaban transformando. Nunca antes había pensado tanto en sí misma. Siempre preocupada por lo que pensaran, lo que sintieran, lo que enfadara a los demás. Frente a aquellos trozos de historia, Gloria fue encontrando la suya propia.

A veces en las fichas aparecía un Alejandro Rodríguez. «Como el de la zapatería», pensaba ella y se miraba para los zapatos, unas merceditas negras con tacón que Liber se había empeñado en comprarle. «Yo te las compro... Tómatelo como un adelanto», le dijo mientras la arrastraba escaleras abajo camino de la Gran Vía. Gloria no había cambiado de calzado ni un día desde su llegada a Madrid. No tenía otra cosa, solo unas zapatillas para andar por casa, tan ajadas que el fieltro se había convertido en papel, y esos zapatos con los que había huido de Santana y que en algún momento Pilar la modista limpió a conciencia.

Cuando estaban preparando el viaje a Bruselas en el taller de costura, la mujer la había dejado bien «encamentada» con que cuando llegara a Bruselas lo primero que tenía que hacer era comprarse unas buenas botas de invierno. Las madreñas que la habían acompañado toda su vida, y que compraba en la zapatería de Alejandro el zapatero, no iban a ser una opción de calzado nunca más. Esa certeza de repente la apenó, la alejó un poco más de Santana, de su familia, de sus hermanas.

Ellas, las nenas, le dolían tanto que prefería no pensarlas. Estarían bien, eran duras de roer, mucho más valientes que ella, o quizás más listas: hacían lo que les daba la gana y no protestaban nunca. Gloria era la mayor y la diplomacia con su padre en concreto nunca había sido su fuerte. La primera hostia en la cara que le dio el paisano en la vida fue en la época en la que ella quería comprar unos zapatos para ir a El Entrego con un poco de tacón, «pero muy poco», y él la obligaba a bajar en madreñas.

Pasaba una vergüenza atroz porque ya tenía quince y a los quince ninguna de las chavalas llevaba ya madreñas, a no ser las carboneras cuando iban o volvían de trabajar, y las paisanas que se ponían en el mercado. Una noche, Gloria decidió cortar por lo sano, concretamente las madreñas, y con un hacha partió a la mitad las dos piezas. Avelino la pilló acabando con la segunda. Del bofetón a ella se le escapó la herramienta e hirió al paisano en una pierna. Comenzó a sangrar abundantemente. Y comenzaron los gritos, algo pasaba con la sangre de Montes, un tema hereditario del que todas en casa habían escuchado hablar, pero ninguna sabía a ciencia cierta qué era. «Lo de tu güelu y tu pa», resumía siempre su madre. Aquel incidente trajo cola, una cicatriz que tardó meses en curar y la certeza de que algo, de verdad, se había roto entre su padre y ella. Le volvieron a comprar unas madreñas. Si él la viera ahora con zapato de tacón, y no poco precisamente, echaría pestes.

Pero las divagaciones de la joven también llegaban de repente por otros datos que aparecían en los papeles, un lugar de nacimiento, una profesión...

«Antonio Abella Cepedal. Mineur. Asturies». Abella, Abella... Como Pilar la modista... Esa era una señal. En apenas unos días el mundo le había puesto delante de sus ojos dos cosas que le recordaban a Pilar y a Turno. Había pasado el tiempo suficiente como para que la mujer ya hubiera recibido su carta y le contestara, pero eso no había ocurrido. Quizás se había perdido...

El timbre de la puerta sonó para sacarla de nuevo de sus ensoñaciones con un estremecimiento. Antes de abrir ya sabía que el que llamaba era Antonio, el portero, porque siempre silbaba mientras esperaba, barría, sacaba la basura o entregaba el correo. La magia de las madrinas volvía a funcionar.

—Señorita, tengo carta para usted. Viene del norte.

Por supuesto era de Pilar, pero no solo de ella. El doctor Vieira había aportado sus líneas a la misiva. Estaba empezando a acostumbrarse a las coincidencias felices de su nueva existencia. Y esa lo era.

Se imaginó a la pareja en la cocina de la casa de ella compartiendo una copa de coñac, confidencias y el secreto de su amor. Tuvo que empezar varias veces a leer porque no acababa de concentrarse del todo en lo que ambos le estaban contando.

La costurera empezaba con muchas admiraciones y muchos buenos deseos. «Dile a LIBERTAD que me escriba o me llame alguna vez». Le recordaba, además, no sin cierto rencor, que le había prometido cuando volvió a Santana por el entierro de su madre que iría alguna vez de visita. «Y aquí me tiene esperando».

En la carta los dos remitentes se turnaban en los párrafos para contarle, por ejemplo, que los mineros estaban en huelga desde que ella se había marchado. Esto hacía que Turno, como médico, tuviera poco trabajo y Pilar, como modista, mucho, porque iban a ser las comuniones. Eso sí, ella de momento no iba a poder cobrar ni uno solo de los trajes que estaba confeccionando. «Hasta que no se acabe la huelga, nada... Y después ya sabes, amiga, poco a poco. Habrá que sacar otra vez la libreta de los pendientes. En las casas faltan ya dos pagas y la cosa parece que va para largo».

La situación, explicaban, amenazaba con llegar incluso hasta el verano. En las duras huelgas de hacía ya un par de años se habían conseguido muchas cosas y en los pozos la lección había calado en el conjunto, incluso en los más reacios a los paros. Unidos podían alcanzar las metas que se proponían en cuanto a mejoras laborales. «Acuérdate, querida, cuando después de La Huelgona tu padre pasó de cobrar 1.000 pesetas a 5.000, eso no se le olvidó ni a él».

«Ahora es distinto... Ahora están más enfadados», apuntaba la modista. La decisión de dejar las perchas levantadas en las casas de aseos era otra cosa. Una pulsión más visceral esta vez. Y tenía que ver con la rebeldía innata de los despojados. La mayoría de las familias de Santana, de El Entrego, de los valles mineros, habían llegado en los últimos años de fuera. Buscando en el carbón el sustento para una vida mejor, lejos de la miseria y el hambre. Y no estaban dispuestos a conformarse con lo mismo de lo que habían huido. Eran demasiados los sacrificios como para dejarse vencer. Y encima, en las cuencas, se encontraron con miles igual que ellos.

«Parece que esta vez costó menos que otras veces que los pozos pararan. Están todos ya sin sacar una gota de carbón desde hace dos semanas y conformes, no te creas... Bueno, ya sabes..., salvo excepciones», le decía la modista en la carta. Gloria sabía perfectamente que entre esas «excepciones» estaba su progenitor. Seguro que él era uno de los últimos esquiroles en sumarse al paro, que había ido a trabajar escoltado por la Guardia Civil para no ser agredido por sus compañeros de trabajo o insultado por las esposas de estos. Si Avelino Montes supiera la humillación que eso suponía para su hija mayor...

Ya nunca lo iba a saber.

El paisano aguantaba en el tajo, al que iba con la cabeza gacha y procurando no cruzarse con nadie, y reñía a sus hijas si alguna le mencionaba el comentario de algún guaje del pueblo sobre si su padre era o no era un «vendido al patrón». Esta situación tensa se vivía en casa de los Montes hasta que venían una noche un par de compañeros para hablar con él a solas.

Nadie escuchaba nunca una voz más alta que otra en esas conversaciones que transcurrían en la cuadra de Montes en la parte alta de la Calle'l Ratu, ya dando con los praos. Pero de la charla, el paisano siempre salía con la decisión tomada de sumarse a la huelga. Reculaba y no iba a trabajar. Eso sí, siempre acababa llorando delante del capataz para que le perdonara. «No puedo hacer nada, de verdad. Yo quiero trabajar, pero ellos no me dejan... Me amenazan», aseguraba entre lágrimas desconsoladas. Montes resultaba ser un cordero manso incapaz siquiera de mirar a la cara a un hombre que él sintiera más poderoso que él, y eso incluía a la mayoría de los mortales. Podía incluso llegar a mearse encima, como de niño, si la situación se ponía un poco más tensa de lo normal. Por eso siempre vestía pantalones negros. Todo lo contrario de lo que era en su casa, donde soltaba la rabia acumulada sin ningún tipo de escrúpulo y sobre todo con su hija mayor... «Bueno, mi hija... Eso está por ver», le había dicho una vez Avelino a Severina tras una bronca entre el padre y la chavala. Nadie lo sabía, pero el matrimonio se había casado estando ella ya embarazada de cuatro meses y no eran pocas las lenguas las que aseguraban, y así se lo habían hecho saber a Montes, que en realidad la niña no era hija suya.

Sí lo era, y lo sabía. No había existido otro hombre en la vida de Severa más que él. Pero su inseguridad era tal que hasta se permitía dudar de su propia verdad.

Lo que añadía la carta de la modista a todas las certezas que ya tenía Gloria sobre su familia es que, con las huelgas en su pleno apogeo, Pilar seguía sola en el taller, su madre y su hija no habían vuelto de Valladolid. Y resistía como podía con la ayuda del partido que, por otro lado, tampoco estaba para tirar cohetes. Esto lo sacó Gloria por conclusión de lo que le explicaba la modista, que era precavida en su escrito y no daba muchas pistas. «Nunca se sabe quién lee estas líneas, pero eres una chica lista y tú me entiendes. ¿A que sí?». El doctor quería prestarle algo de dinero, pero Pilar se negaba. La joven sonrió al leer los párrafos que reproducían una discusión entre los dos: «Es muy necia, yo podría ayudarla, pero no quiere... No hay manera de hacerla entrar en razón. A ver si tú, a la vuelta de estas líneas, la intentas convencer. Soy menos peligroso que... ya sabes».

«Yo seré necia, pero él no lo es menos. ¿Te imaginas que alguien se entera de que me deja dinero? Y que no, que no me hace falta, que yo tengo mis propios... ya sabes...».

Cuando acabó de leer la carta con una sonrisa de oreja a oreja supo que era de justicia responderles. Apartó con delicadeza los papeles del genovés que invadían su espacio vital y mental desde hacía ya semanas y se disponía a iniciar la carta con un «Queridos amigos...» cuando el timbre de la puerta volvió a sonar. Gloria resopló. Le daba rabia que la cortaran justo en ese preciso momento. Al otro lado, de nuevo, se escuchó la voz del portero, que esta vez hablaba con alguien que tenía a su lado. Abrió la puerta.

—Buenas, Antonio, ¿qué pasa ahora? —dijo con voz de paciencia.

—Ya le he dicho yo a este chico, señorita, que el señor Gallardo no está, pero se ha empeñado en subir. Dígale que no está el señor, por favor, que a mí no parece entenderme...

La joven miró hacia donde indicaba la mano del viejo y allí se encontró un chico moreno, algo enclenque y con gafas, que sonrió y le dijo:

—Soy Hernando, trabajo con Gallardo en el periódico. Tengo algo muy importante que contarle. Por favor, déjame esperar. Fui al periódico, pero no estaba. Mayi, la secretaria, me dijo que iba a hacer un recado y venía para casa. Por favor, por favor...

El tono del chaval y la mirada de súplica, como la que ponen los gatos cuando les interesa tu existencia en este mundo, la convencieron. Antonio se marchó refunfuñando y el periodista se instaló en la cocina. Gloria le ofreció café, aunque no le hacía falta, el traqueteo de su pierna derecha así lo confirmaba.

—¿Sabes si Gallardo va a volver pronto?

—Ni siquiera sabía que iba a venir temprano hoy a casa. Siempre llega a las tantas. Mi nombre es Gloria. El tuyo era Hernando, ¿no? —señaló.

—Sí, bueno, no. Todo el mundo me llama Hernando, pero es apellido. En realidad, yo me llamo...

La conversación entre ambos fue interrumpida por Eduardo, que llegaba cargado de unos regalos que le servirían solo a medias, porque en unos meses descubriría que la genética había hecho de las suyas y su árbol familiar volvía a sumar un par de mellizos.

—¿Tú qué haces aquí? —le preguntó al joven mientras posaba las bolsas sobre la encimera del baño.

—Disculpe la osadía, señor Gallardo, en el periódico me dijeron que usted se había ido para casa y el otro día, como lo vi entrar en este portal, pues vine. Tengo novedades de... —miró de reojo a la joven Montes que no perdía ripio—. Bueno, ya sabe usted.

Eduardo respiró hondo. Le pidió al redactor que esperara unos minutos, necesitaba hacer una llamada de teléfono al periódico para ver si todo iba bien. Al director no le había gustado nada la tarde libre que se autoimpuso su segundo de a bordo, pero como era un sentimental y se lo había camelado diciéndole que sería un placer si fuera el padrino de su futuro hijo, lo dejó marchar.

—No me toques los cojones, Gallardo. ¡Que ya tengo cuatro ahijados! Y yo no voy a estar aquí toda la vida aguantando a esta panda. Por el momento, hazte a la idea de que te vas a comer aquí todo agosto, que me voy para Santander.

—Agosto y septiembre entero, Romero... Por mi madre te lo juro —respondió.

—Anda, déjate de jurar y corre. Pero no te acostumbres, eh, que ya sabes que yo de corazón ando justo y no me gustan los sentimentaloides.

El rato que Eduardo echó en la entrada hablando por teléfono para ver si el mundo no se había llevado por delante el periódico, lo aprovechó Gloria para preguntar.

—¿Es lo de las fulanas muertas?

Hernando abrió los ojos sorprendido, eso a ella le causó gracia porque los ojos del chaval no sabían ocultar lo que pensaba su cabeza. En el rato que llevaban juntos ya lo había notado varias veces.

—Sí, es eso... —respondió tímido.

—Escuché cómo estos dos lo comentaban... —dijo apuntando con la barbilla hacia la entrada, donde Eduardo parecía discutir con alguien por teléfono. El joven, al saber que su interlocutora conocía el tema, se vio obligado a justificar su presencia ahí.

—Es algo personal, ¿sabes? Esas mujeres tienen derecho a que se haga justicia o al menos que de alguna manera recuperen su dignidad. Yo... No es por otra cosa.

No terminó la frase porque su jefe entró por la puerta de la cocina con cara de hastío. Sin mediar saludo alguno, dijo:

—¿Y a ti qué te pica? Porque ni en casa me dejáis tranquilo... Que sois todos unos pesaos... A ver, dispara, forastero...

A esas alturas Gloria ya sabía que si el señor de la casa acababa alguna frase emulando el diálogo de una película de vaqueros estaba cansado o enfadado o, como parecía ser el caso, ambas cosas a la vez.

—Volví a dar una vuelta por el barrio. Y he conseguido algo... No es mucho, pero es algo. Dame cinco minutos y te lo cuento... Por favor...

Eduardo iba a responder, pero el teléfono comenzó a sonar.

—Ven, espérame en el despacho.

El hombre señaló una puerta que apenas nadie abría en la casa, llamado a ser el futuro cuarto del Gallardo Roca y en el que, aunque nadie lo sabía aún, en unos meses habría que colocar una litera.

La llamada de teléfono que cogió Eduardo dejó a Montes pensativa. Solo escuchaba una parte, y era algo así como: «Joder, Frade, no te pongas así... ¡Pues mándala para acá! ¿Qué quieres que te diga?... Que sí, ya hablo con ella...».

Gallardo colgó con fuerza el teléfono y resopló antes de entrar en la reunión con su joven pupilo. De esa conversación entre los dos periodistas Gloria no pudo escuchar nada.

Para ponerse al día, confiaba en la sesión nocturna de charla marital entre Eduardo y Liber, mientras ella se lavaba la cara y los dientes en el baño contiguo a la habitación grande. Pero esa noche tampoco se dio. Liber llegó tarde y con malestar, le dolía la cabeza y el silencio reinó en la casa durante toda la noche. No se escuchó ni la imperdonable radio.

Gloria se centró esa noche en los papeles del Genovés que seguían ocupando un espacio importante en la vida de Gloria, en la física y en la mental. Decidió cambiar de estrategia y mirar primero todos los nombres reconocibles para hacer una lista. Después, poco a poco, se pondría a traducirlos y, llegado el momento, mecanografiarlos. Quería saber ya si había o no algún rastro de Amaro en ellos.

El peor de los augurios se confirmó en esa primera lista, que fue también la definitiva, porque Gloria había sido escrupulosa al hacerla. No había indicio de un nombre que se pareciera al de Amaro. Aquellas hojas mugrientas llegadas de más allá del mar no tenían ni un solo eco que hablara del padre de Liber. Nada.

Tenía que decírselo a su amiga. Menos mal que sabía que estaba preparada para esta frustración. No había vivido de otra manera.

—Los hay que están destinados a ser fantasmas para la posteridad —respondió cuando se sentó junto ella a la mañana siguiente para decírselo. Estaban con la ventana abierta, mirando las dos al cielo, a los tejados de Madrid—. ¿Hueles el humo? ¿No me digas que no es igual que en Santana cuando le da a todas las viejas por tizar y no corre el aire?... —Liber se calló durante tres largos segundos y continuó—. ¿Crees que se acordó de mí alguna vez? ¿Pensaría en algún momento en cómo sería mi cara? No sé, yo ahora que estoy... así, pienso mucho en cómo será eso de ser madre...

Estaba tranquila. No le hacía falta que Gloria certificara que Amaro era un espectro que nunca (al menos no para ella) se iba a hacer carne. Siempre lo supo. Su ausencia de los papeles del genovés era solo una confirmación de su realidad.

—¿Estás bien?

—¡Bárbara! —afirmó antes de echarse la mano a la boca y correr hacia el baño para vomitar mientras su marido, que salió disparado de la habitación cuando la oyó, le sujetaba el pelo.

—¿Estás bien? —preguntó ahora Eduardo.

—Estoy perfectamente ya, dejadme en paz, por favor.

—He estado leyendo que los cambios en tu cuerpo durante el embarazo pueden ocasionar episodios de ira.

—No vayas por ahí, Gallardito, porque puedo morder.

—Deja los mordiscos para cuando te encuentres a tu jefe, que lo tienes contento. Te ha llegado una carta de tu amante italiano al despacho. Está Frade que trina... Tendrás que apelar a tu condición de embarazada para que te perdone. Si salen mellizos, el otro apadrinamiento se lo tendremos que ofrecer a él.

Sentada en el suelo del baño, Liber sonrió mirando a su marido.

—No tienes arreglo. Anda y prepárame una manzanilla mientras me cuentas eso de Frade.

—¿Quieres hablar de Frade o del italiano de tus entretelas?

—¡Eres tontísimo, mi amor!

Libertad aprovechó que su marido la dejó sola para lavarse la cara y cambiarse la camisa que se había manchado. Entró en la cocina abrochándose la blusa y fue entonces cuando vio los paquetes comprados en Galerías Preciados. Se echó a llorar con tal sentimiento que llamó la atención de Gloria.

Tras comprobar que las lágrimas eran de emoción, aliviados, los tres se sentaron en la cocina.

—Siento mucho todo... esto. Sí que me ha revolucionado la cabeza este embarazo, me apetece llorar y reír a la vez. Mataros y comeros a besos, sobre todo a ti, Gallardito.

Eduardo le cogió la mano y le acarició los dedos. Para cambiar de tema, miró a la joven.

—¿Y tú qué? ¿Ya te has enterado de que el italiano vuelve a la carga? Ha mandado una carta al despacho de Frade, debe estar al llegar.

Gloria algo había oído. Ella no tenía la culpa de que las paredes de aquel piso de Madrid fueran tan finas.

—Pues no sé qué querrá, pero de la primera parte todavía me queda bastante trabajo. Por cierto, Edu, ¿tendrás hojas blancas en tu despacho?

—¿Edu? ¿Y esas confianzas? ¿Qué me he perdido? —puntualizó Libertad.

—Compartimos el mismo baño, puede llamarme Edu, sufre de mi particular napalm.

—No seas cerdo porque vuelvo a vomitar... —advirtió la embarazada. Y todos se rieron.

—Sí, encima de la mesa quedan unas pocas... Coge las que necesites.

El timbre sonó cuando Gloria iba por el pasillo y fue ella quien abrió la puerta. No le sorprendió, sin embargo, ver que el visitante madrugador era Hernando. La joven se sonrojó, pero intentó disimular.

—¿Está la jefa? Porque el portero me ha dado una carta para ella...

—Vete para la cocina que voy yo ahora... Estos dos están ahí.

Gloria no había entrado muchas veces en el despacho de Gallardo y en su imaginación era más pequeño de lo que estaba comprobando en ese momento. En general, era un sitio parecido al cuarto en el que ella vivía desde que llegara a la gran ciudad. Más que libros, lo que poblaba los rincones eran periódicos, revistas y carpetas. También había discos y un pequeño tocadiscos sobre el que reposaban tantas cosas que daba la sensación de que hacía mucho que no se usaba. Y en la mesa, las hojas blancas que buscaba Gloria. Junto a ellas un pequeño retrato de Liber y Eduardo, abrazados, mirando a cámara, sonrientes y un pelín más jóvenes. Dos plumas estilográficas, un tintero, un cenicero vacío y cientos de recortes de periódico que no parecían tener ningún sentido. No a simple vista.

Una de las plumas reposaba sobre las hojas, la primera de ellas estaba escrita. Era la letra de Gallardo. Una anotación rápida, como sin ganas. Pero había varias frases que llamaban la atención porque estaban subrayadas a conciencia. Si no hubiera tenido el ensayo de las últimas semanas con los archivos de Argelès-sur-Mer, no habría podido descifrar el enigma, pero Gloria había cogido experiencia y lo leyó...

Pegó un grito. Eduardo, Hernando y Liber corrieron alertados hacia ella.

—¡Sé quién es!

—¿Quién es quién? —preguntaron los tres al unísono.

—El asesino de las putas... Es Germán, mi primo.

Hernando corrió para evitar que Gloria se golpeara con la mesa al desfallecer, pero no pudo evitarlo del todo. Ella no soltó la hoja que llevaba en la mano con los garabatos de Gallardo. Las frases destacadas por él eran: «Uniforme, no policía: ¿sereno?», «Calza de zapato derecho (8 cm, aprox)» y «Acento: ¿gallego?».

Lo primero que sintió al abrir de nuevo los ojos tras un rato que ella no sabría precisar si fueron minutos u horas, fue la mirada angustiada de Liber.

—Nena...

—Es él, Liber... Es él. Siempre decía que se iba a venir de sereno a Madrid. Ese zapato... ¡Es él!

—Tranquila, nena, tranquila...

—¡Es él! ¡Es él! Me tengo que ir de aquí, Liber... ¿Y si me lo cruzo un día? Yo no quiero que...

—Tranquila, cariño, Eduardo está hablando con la policía, vendrán ahora, estamos aquí contigo... Gloria... Tengo una cosa que decirte...

—¿Qué?

—El escritor de Argelès es él. Es Amaro.

La joven miró la carta que su amiga traía en la mano y se quiso levantar.

—No, no, cariño, quédate ahí, que ahora viene un médico...

—Pero...

—Ivo siguió buscando cosas en el archivo de su padre y encontró dos cartas de Amaro Roca...

La exigua correspondencia estaba estratégicamente guardada entre las páginas del libro *Poesia spagnola del Novecento*, en el comienzo del drama «Aspettiamo cinque anni» de Lorca, y no dejaba lugar a dudas. Amaro le había escrito a Teodoro Saglietti para saber de él y del estado de su «paquete». En sus dos escritos, desde Rabat y Múnich respectivamente, le contó su incorporación a las Corps Franc d'Afrique, concretamente a la 9ª Compañía de la 2ª División Blindada de la Francia Libre. «Lo hago para dejarle a un mundo mejor a mi hijo, o tal vez fue hija... Le dije a mi mujer que si era niña la llamara Libertad. Ojalá sea una guaja. Lucho por ella, por Libertad», terminaba.

Roca estaba arrodillada a su lado, a las dos les dio por llorar. Liber se levantó no sin antes tocarle la cara a la joven:

—Lo hemos conseguido.

Un carraspeo delató a la tercera persona que se encontraba en la estancia, la joven Montes se giró hacia él.

—Siento mucho que hayas tenido que ver esto, Hernando.

—Te lo iba a decir ayer, pero nos interrumpieron. No me llamo Hernando... Mi nombre es Marco Antonio.

El chaval se tumbó en el suelo a su lado y con el dedo meñique rozó su mano.

EPÍLOGO
(Solo apto para sentimentales)

Germán murió al saltar por la ventana de la pensión de mala muerte en la que vivía cuando fue a buscarlo la Guardia Civil.

Los nombres elegidos para los niños que nacieron exactamente ocho meses después de aquella mañana fueron Amaro y María.

Marco Antonio y Gloria fueron primero grandes amigos que se lo contaron todo, después padrinos de Amaro Gallardo Roca (estrenando por fin a Gloria en el papel de madrina) y finalmente, una tarde, a la salida del cine, se hicieron novios porque a ella le pareció que él con su gabardina gris estaba guapísimo y levantó los tacones para darle un beso que comenzó en la mejilla para terminar en un leve roce de labios. Para entonces, a ella le había llegado ya una oferta de Noriega para escribir sus memorias porque vivía aún sorprendido por la suspicacia de la cicatriz azul. Y eso que no sabía que Gloria era conocedora también de su pasado de refugiado. La joven le dijo que no al indiano. Ya estaba bien de cambiar de rumbo, al menos por un tiempo.

Pilar y Turno mantuvieron su idilio toda la vida.

Paula Acebo se convirtió en mensajera de las hermanas Montes. Fue después de decirle a Gloria que tras su
marcha de Santana le había cogido el relevo en la limpieza
de la biblioteca de la casona su hermana Aurora. «¿Cómo
la viste? ¿Está bien?», preguntó. Y la señorita Acebo le
dijo: «Sí, pero te echa
en falta, si quieres
escribirle alguna
carta, yo sé bien
dónde esconderla para que no
la encuentre
nadie».

Los papeles del genovés fueron custodiados en la casa hasta que su publicación no fue un peligro para nadie. La amistad con Ivo Saglietti continuó hasta el final de sus días.

Durante los siguientes años, en las páginas del periódico *Pueblo*, las crónicas de Sucesos estuvieron firmadas por Cleo Montes.